Illustration de 1ère page de couverture :
le château de Foix (photo R. Laborie)

RECUEIL

JEUX FLORAUX DES PYRENEES

ANTHOLOGIE 2019

LA MERIDIENNE DU MONDE RURAL

© *2019*

Réalisation: La Méridienne du Monde Rural
Directrice de la publication : Anne de Tyssandier d'Escous
Auteurs des textes : collectif d'auteurs

Association LA MERIDIENNE DU MONDE RURAL
Siège social : 19110 Bort-les-Orgues
Adresse de gestion :
93 rue Jules Ferry -19110 BORT-LES-ORGUES
www.lameridiennedumonderural.fr

ISSN : 2431-5664

imprimé par lulu.com,
en impression numérique à la date de la commande
Lulu Press, Inc, Raleigh, N.C., Etats Unis

ISBN : 979-10-90416-31-4
Dépôt légal: mai 2019

SOMMAIRE

PREFACE

Le concours littéraire des "Jeux Floraux des Pyrénées" a été créé par Arlette Homs dans le cadre de l'Association Culturelle du Pays d'Olmes. Depuis quatre ans il est organisé en partenariat entre l'Institut du Comté de Foix, association culturelle amicale franco-andorrane et La Méridienne du Monde Rural, association culturelle qui participe à la mise en valeur des zones rurales.

Le concours 2019, 41ème concours des Jeux Floraux des Pyrénées, a rencontré un réel succès avec la participation de nombreux auteurs de France et de l'étranger.

Comme l'a écrit Gonzague Saint Bris dans « L'enfant de Vinci », «Ecrire ne serait-il pas un passeport pour franchir les obstacles de ce monde…? »

Le recueil « Jeux Floraux des Pyrénées -Anthologie 2019» réunit les textes des lauréats primés.

Nous adressons nos félicitations à tous les lauréats du concours littéraire 2019 des Jeux Floraux des Pyrénées et tous nos encouragements aux auteurs qui ont participé à ce concours et n'ont pas été primés.

Arlette Homs ayant rédigé un texte à partir de documents concernant Antoine de Nègrepont et

Montferrier, et ce texte inédit pouvant intéresser des lecteurs en particulier d'Ariège, elle a accepté que celui-ci soit publié, dans le cadre d'une contribution d'intérêt régional et hors concours, à la fin de ce recueil.

L'écriture apporte du bonheur aux lecteurs mais également aux auteurs... Comme l'a indiqué Françoise Hardy *(revue Notre Temps de septembre 2018)* dans une interview à la suite de lourds ennuis de santé, ce qui l'apaise c'est l'écriture, et elle ajoute : « Je ressens un grand bonheur quand je termine un texte qui me semble à la hauteur de la mélodie qui l'a inspiré. »

Nous espérons que la lecture des textes du recueil « Jeux Floraux des Pyrénées – Anthologie 2019 » sera, pour tous les lecteurs, un grand moment de plaisir.

Anne de Tyssandier d'Escous
Présidente de La Méridienne du Monde Rural
et de l'Institut du Comté de Foix

Palmarès du concours littéraire 2019 des Jeux Floraux des Pyrénées

**Prix de l'Aliança Andorrano-Francesa
& Prix de l'Amitié franco-andorrane**
M. Bernard Louvet (31600 Muret) pour « Sur la route de Victoria »

Prix de Prose poétique :
M. Robert Beltran (09100 Pamiers) pour « Corretjola et Liseron»

Prix du Récit :
M. Gérard Loridon (83140 Six Fours les plages) pour « Chercheur d'or à Saint-Girons»

Prix des Pyrénées :
M. Luc Tuffier (23230 Bord St Georges) pour « La fontaine folle»

Prix Mystère et Inspiration :
Mme Noémie Martinez (09100 Pamiers) pour « Derrière la porte - Histoire horrifique »

Prix de la Nouvelle Catalane:
M. Jean-Luc Splitt (11140 Counozouls) pour « Apolit »

Prix du Terroir :
Mme Denise Dulac (40190 Saint Gein) pour « Bleu-gris du ciel automnal »

Prix de la Mémoire:
M. Antoine Bouvier (78000 Versailles) pour « Joël »

Prix de l'Encrier d'Argent:
Mme Muriel Hébra (46000 Cahors) pour « Un chien de ma chienne »

Prix Passé et Souvenirs :
Mme Florine Pillois (82400 Valence d'Agen) pour « Au hasard d'une flèche »

Prix de la Destinée :
Mme Brigitte Libérale (40000 Mont de Marsan) pour « La semaine du 14 »

Prix de Poésie :
Simon Roca (66400 Ceret) pour « Regard perçant »

Prix du Conte Pyrénéen:
Mme Régine Bernot (31270 Frouzins) pour « Le Mont de l'Ogre »

15 diplômes d'honneur ont aussi été décernés.

Sur la route de Victoria

par Bernard Louvet

Il arriva chez nous un dimanche de novembre 1959.

Je me souviens bien de la date, car mon grand frère venait juste d'embarquer à Marseille sur le vieux et délabré *Sidi Ferruch* pour aller participer au " maintien de l'ordre en Afrique du Nord " avec des milliers de jeunes gens de sa génération.

C'était un imposant *Continental Edison*, modèle 511 de 1957. On l'installa en majesté sur le buffet de la cuisine familiale, après en avoir expulsé la soupière de la Faïencerie " *Ducros et Barbaza* " de Castres. Il fallut quelques jours pour trouver une position idéale au fil de l'antenne censée optimiser l'audition.

Puis le rituel put commencer.

Certains matins, nous nous levions aux aurores, tels des moines pour matines. Une émission diffusait les messages des appelés du contingent, à l'attention de leurs familles, et recueillis par une équipe de la RTF parcourant le théâtre d'opération d'Algérie. Ma mère pleurait, mon père la grondait, mais c'était sûrement pour cacher son émotion, et moi, j'avais sommeil, j'avais 13 ans à peine. Les voix de ces gamins de 18 ou 19 ans, où se mêlaient tous les accents de France, chevrotaient. Certains craquaient avant la fin de leur message alors qu'en bruit de fond on entendait rire leurs camarades. Ma mère redoublait de pleurs, mon père sortait fumer une " *ninas* " et moi je baîllais. Nous n'avons jamais entendu la voix de mon frère.

A Midi, c'était la radio nationale : Paris Inter ? Je n'en suis pas très sûr. Par contre je me souviens très bien de la voix et de la chronique de Jean Nocher. Des mots m'intriguaient : *fellaghas, terroristes, porteurs de valise, wilayas* … Mes interrogations restèrent sans réponse et on me renvoya à la préparation du B.E.P.C.

Le soir, c'était Toulouse - Pyrénées. Des voix sont encore dans ma mémoire : Charles Mouly et Dominique avec le chœur des *Pescofis*, Paul Voivenel et son *campanilisme*, Géraldine et le *Midi – chante*, Pierre Loubens …

Puis un soir, le doigt de mon père accrocha par mégarde la touche de bakélite jaune des *ondes courtes*. Et soudain, à travers crachouillis et sifflements, ce fut Radio Saint - Lys avec ses voix de marins venues du bout du monde. Au souhait de retrouver ce monde fascinant entendu quelques secondes, fut opposé un refus catégorique !

Le jeudi suivant, je confiai ma révélation radiophonique à mon ami Jean-Paul. Ce bricoleur invétéré décréta aussitôt : " *Nous allons fabriquer un poste à galène !* " Je savais qu'il en était capable. Mais il fallait se procurer le matériel, et le nerf de la guerre manquait.

Grâce à mon père, nous fûmes embauchés aux vacances de Pâques pour équeuter les cerises destinées à l'élaboration d'un *kirsch* de la distillerie locale. Connue pour sa célèbre liqueur verte, la " *Fabrique* " produisait une gamme d'alcools alors à la mode dont nous collectionnions les " *mignonnettes* ".

Et c'est ainsi que la fabrication de notre machine put commencer. Il faut avouer que le père de Jean Paul qui était horloger nous aida beaucoup... Il nous procura même les lampes (il fallait dire les diodes) et les écouteurs qui lui restaient du poste qu'il avait fabriqué à notre âge.

Nous cachions nos travaux dans le hangar désaffecté qui fut un temps le garage de la locomotive d'un petit train électrique reliant Revel à Toulouse et resté célèbre pour avoir été renversé par le vent d'Autan !

Fabrication, essais et réglages furent longs, mais l'espoir de découvrir le domaine des ondes nous soutenait. Il fallut aussi accrocher l'antenne dans les hauteurs d'un platane d'où nous délogeâmes des pies très en colère …

Le grand jour arriva. Sur un mur se déployait une immense carte du monde constellée de publicités vantant les produits de notre distillerie et sur laquelle nous espérions positionner les bateaux dont nous capterions les émissions. A sa droite la lumineuse Brigitte Bardot de la sulfureuse affiche du film " *Et Dieu créa la femme* " (l'interdiction en avait été fulminée en chaire à la messe dominicale !) alimentait nos fantasmes d'adolescents. A sa gauche, une carte de France Armand Colin de Vidal de la Blache était enrichie du parcours du Tour de France.

Enfin, équipés de nos écouteurs, à la lumière clignotante des diodes, le cœur battant, notre première recherche sur les terres inconnues des *ondes courtes* commença. Ce ne fut pas la radio des marins, mais un coup de gong qui résonna à nos oreilles ! Et arriva de l'éther, cette voix étincelante, percutante, limpide :
"*Aqui Radio Andorra ! Emisora del Principado de Andorra !* "

Nous nous étions calés sur le poste émetteur du Roc des Anelletes ! Et nous découvrîmes le monde fascinant de *Radio Andorre*. J'en connaissais l'existence, mais la censure paternelle m'en avait interdit l'audition. Encore aujourd'hui, je me demande pour quelles raisons : allergie à la " réclame "? Éthique laïque contre les radios privées ? Crainte d'un monde inconnu ?

Dès que nous le pouvions, nous nous mettions à l'écoute et les programmes de la station n'eurent bientôt plus de secrets pour nous. Nous avons découvert toutes sortes de jeux avec notamment le célèbre "*Quitte ou double*", mais aussi les variétés françaises ou internationales qui nous changeaient des polkas de Jean Bentaberry de la fréquence toulousaine ! Mais ce fut surtout pour nous une initiation au Rock and Roll avec "*Rythmes à la carte*" ou "*Juke Box Sélection*".

Le père de mon ami allait parfois s'approvisionner en pièces détachées pour ses montres en Andorre. Il nous en ramena une documentation précieuse sur notre radio préférée. Des revues racontaient l'histoire de la station : nous pûmes mettre un nom sur la voix qui nous fascinait. Victoria Zorzano, jeune religieuse espagnole fuyant la guerre civile, avait été embauchée par la radio en 1939 pour devenir "*Mademoiselle Aqui*". Mais surtout, l'affiche où une Victoria rayonnante, à la chevelure d'ébène, souriait devant un micro sur fond de Pyrénées près d'une immense antenne symbolisant le "*Poste des Cimes*", remplaça Brigitte Bardot ...

Alors germa dans nos têtes adolescentes une idée

folle : nous allions prendre la route d'Andorre pour aller y rencontrer la speakerine de nos rêves.

En récompense de mon succès au Brevet j'avais reçu un magnifique vélo - cyclotouriste. A ma grande surprise, notre projet d'expédition eut la bénédiction de mon père malgré le désespoir maternel. Hélas, Jean-Paul avait échoué : il dut passer l'été à manipuler des briques réfractaires brûlantes dans la briqueterie locale. Je partis donc en solitaire.

Un beau matin de juillet me vit pédaler le long de la sinueuse " *Rigole de la plaine* " grâce à laquelle le génial Riquet avait amené l'eau de la Montagne Noire au Canal du Midi. Après Castelnaudary, ma route traversa un paysage de *western* dans les arides collines de la Piège. Des paysans compatissants m'hébergeaient parfois dans leur grange, parfois je montais ma petite "*canadienne*". Les Pyrénées se rapprochaient peu à peu, ma peau se halait, mes genoux se balafraient au fil des chutes, mes mollets durcissaient et ... mes fesses se tannaient. Après Mirepoix, Varilhes, les tours de Foix, ma route suivait maintenant le cours de l'Ariège. Dans les hautes parois d'urgo-aptien je découvris les "*spulgas*" que je me promis bien de revenir visiter. Je trempais mes pieds meurtris dans l'eau brûlante et sulfureuse du Bassin des Ladres avant de passer devant la benne du téléphérique du Saquet à l'arrêt.

16

Un matin, de drôles de petits chevaux à longue crinière secouèrent ma tente : j'étais à Mérens. J'approchais du but.

L'Ariège était devenue torrent : après l'Hospitalet ce fut enfin la frontière. Au Pas de la Case, un ami tarnais, commerçant en textile, dénoua la situation avec les douaniers Andorrans. J'étais mineur, et mes documents, pourtant valables, ne les convainquaient pas. Le col d'Envalira fut monté en poussant ma lourde monture. Après la grande descente vers Encamp, il fallut encore remonter jusqu'à l'émetteur. C'est devant cet étrange bâtiment en forme de château de Wall Disney, que je fus trempé jusqu'aux os par un orage que seules les Pyrénées savent offrir.

Dégoulinant, mon vélo à la main au milieu de la route, j'entendis une voix féminine familière sortant d'une voiture dont je barrais le passage :
"Ola morenito, où vas-tu trempé comme un canard ! "

Je n'en croyais pas mes oreilles: c'était la voix qui nous avait tant fait rêver !
J'expliquais timidement à cette magnifique jeune femme brune pourquoi j'étais là : elle éclata d'un rire sonore. Puis elle demanda au chauffeur de m'embarquer avec mon vélo. Un drôle de personnage habillé en groom comme Spirou s'exécuta en souriant : c'était Pepito.

En redescendant vers la vallée, elle m'expliqua que seul l'émetteur était en altitude et que les studios étaient à Encamp dans un ancien hôtel. Quant à Victoria Zorzano, elle avait quitté la station depuis longtemps et s'était mariée en 1946 avec un concessionnaire automobile de la Principauté. Par contre la voix que nous écoutions religieusement dans notre poste était celle de ma bonne samaritaine. C'est elle qui avait enregistré le fameux indicatif : j'étais avec Lydia Merlino! D'origine espagnole, née à Decazeville dans l'Aveyron, parfaitement bilingue, elle était à l'antenne Lydia Linares pour les Espagnols et Françoise Any pour les Français. Je fus logé comme un prince dans une auberge des Escaldes. Puis commença une semaine de rêve : je suivais Lydia dans toutes ses activités dans le studio. Je fis connaissance avec la superbe Carmen del Monte, complice et amie de Lydia, l'autre "*locutora*". J'étais devenu la mascotte de la station. Le bâtiment de l'émetteur du Roc des Anelletes et son *mirador* n'eurent plus de secret pour moi. Nous fîmes même un pique-nique au bord du Lac d'Engolasters dans lequel se reflètent les pylônes des antennes de la station. Si je devais décrire le Paradis, il ressemblerait sûrement à l'inoubliable séjour que je fis dans cette vallée d'Andorre.

Paradis perdu, car il fallut bien que je rentre. La station m'offrit (ainsi qu'à mon vélo!) le voyage en autocar jusqu'à Foix d'où je rejoignis Revel. Jean-Paul m'y attendait avec impatience pour écouter mes aventures.

Avant mon départ, Lydia et Carmen m'avaient serré dans leur bras. En fermant les yeux, je vois encore leurs épaules arrondies, leur poitrine haute, leur taille cintrée et je sens toujours leur chaleur et leur parfum. Après un dernier *besito*, Lydia m'avait glissé à l'oreille:

"Morenito, écoute bien mon émission tous les jours, je te ferai une surprise".

Il est inutile de dire que chaque jour j'étais à l'écoute avec Jean-Paul ! Notre attente fut récompensée : je n'oublierai jamais l'instant où la voix de ma belle hôtesse annonça :

" Et maintenant, je dédicace au petit français qui a fait tant de kilomètres pour venir nous voir la chanson de Charles Trénet : Mes Jeunes Années ".

Et depuis, dans la phonothèque de ma mémoire, les Pyrénées chantent au vent d'Espagne avec la voix de Lydia.

Corretjola et Liseron

par Robert Beltran

Le liseron-Corretjola luttait pour sortir de terre vers la lumière. Il fallait pour cela, percer le trottoir en ciment près des «Ramblas». Une fois dehors, chaque dimanche il pouvait voir le marché aux fleurs et aux oiseaux qui se tenait là.

Une fois sur le trottoir, Corretjola devait allonger ses bras et se trouver un coin, pour se protéger des passants. De temps à autre, il perdait un bras piétiné, qui disparaissait dans la poussière.

Il rêvait de forêts silencieuses où seuls les oiseaux et le vent chantent avec joie, rêvait d'un joli tronc d'arbre ou d'une brindille où il pourrait s'accrocher.

Un dimanche de printemps au marché des «Ramblas», un de ses bras s'allongea vers des pinsons, chardonnerets, verdiers et autres oiseaux, tous en cage. En ces temps de dictature, beaucoup d'oiseaux…. étaient prisonniers en Espagne.

Un pinson pleurait derrière ses barreaux, et le liseron-Corretjola vit que c'était des sanglots sans larme. «Pourquoi pleures-tu?» lui demanda-t-il. «J'ai voulu m'échapper vers les Pyrénées, vers l'Andorre où je pourrais voler librement et chanter mes propres chansons», répondit le pinson.

A Toulouse, une modeste violette et un liseron se trouvaient côte à côte coincés entre deux pavés, non loin de la Place Saint-Sernin. Ils écoutaient deux vieux messieurs assis sur un banc qui discutaient; l'un d'eux, ancien montagnard racontait sa jeunesse.

«Mon ami, disait-il, là-haut dans les Pyrénées il y a un pays niché entre vallées et montagnes: l'Andorre, petit pays merveilleux où la paix règne, là il n'y a pas d'armée ni soldats pour se battre, pays où Dieu doit avoir de la famille, je crois.»

Voyant que son ami voulait en savoir d'avantage, le vieux montagnard poursuivit avec passion, «Je suis sûr, que certains dieux de l'Olympe sont maintenant en Andorre. Par exemple Hermès, a beaucoup de maisons là-haut, seul Arès est interdit de demeure.

Dès que la lumière du jour se meurt disait-il, l'Andorre est si près des étoiles, que tu pourrais en cueillir des milliers dans le creux de tes mains. Vénus veut toujours coucher le soleil le soir et le réveiller tôt le matin là-haut dans les montagnes.

Tout ceci se passe chez la Belle Andorre, et la princesse Pyrène, sa voisine, toutes deux se partagent la beauté des lieux. Là, la nature est reine et déjà somnolente à l'entrée de l'hiver, elle attend la pluie dansante. Chaque goutte sera un flocon blanc silencieux et doux, qui, au sol tissera une couverture douillette, pour qu'elle puisse passer l'hiver au chaud et au calme.»

Le liseron toulousain, avait écouté le récit de toutes ces merveilles avec ses campanules grandes ouvertes. «Ah, se dit-il, c'est dans ce pays que je veux étendre mes bras! Viendrais-tu avec moi, violette?» «Je ne veux pas quitter Toulouse, la ville rose est mon berceau, si tu pars, j'irai vivre auprès de la Garonne!»

Après de nombreuses vicissitudes, il finit par arriver dans ce pays des merveilles. Il s'installa dans une des sept vallées à l'intérieur d'un bosquet de hêtres, il enfonça son pied dans le sol, contre un jeune arbre et y prit racine.

Le printemps arriva et le liseron avec force, commença à embrasser le hêtre, dont le pied recouvert de neige pendant l'hiver avait pris la forme de sabot «esclop». Près de lui, à quelques mètres un autre jeune hêtre avait autour du tronc le liseron-Corretjola qui le serrait tendrement.

Le liseron de Barcelone avait réussi à s'échapper vers l'Andorre, et dans ce bosquet, tous deux étaient maintenant des frères jumeaux.

Pendant le festival «Le Rite», à Saint-Girons, parmi d'autres groupes venus de loin, garçons et filles Bethmalais dansent chaussés de sabots. Les sabots d'une jeune danseuse, pointus et brillants semblent guider ses pas gracieusement.

Quand les fleurs sont heureuses, elles embellissent ces sabots parsemés de campanules, fleurs de liseron. Le liseron de Barcelone à gauche, celui de Toulouse à droite dansent ensemble en toute occasion.

GUIDE

DU

CHERCHEUR D'OR

en Ariège

H. TABARANT

Chercheur d'or à Saint-Girons

par Gérard Loridon

Jeune scaphandrier à vingt ans en 1953, je me retrouvai chef d'une entreprise de travaux sous-marins, en 1959 dans le sud de la France.

C'est alors que j'ai été sollicité par un fournisseur d'explosifs pensant que nous devions certainement avoir besoin de ces dangereux produits tant en mer qu'en lacs et rivières, pour éliminer des obstacles de toutes sortes. Effectivement ces problèmes nous ont été posés par la suite bien plus tard. En fait, j'étais novice en la matière. Et ce qui m'était proposé allait donc retenir toute mon attention.

Et de nous indiquer, dans une région que je prospectais en vue de travaux futurs, leur meilleur représentant. C'était, comme on va le voir, l'homme le plus compétent en la matière.

Il s'agissait de monsieur Henri Tabarant, qui habitait à Saint-Girons.

Je lui rendis donc visite après avoir pris rendez-vous. Cela, d'autant plus facilement qu'il m'avait répondu fort aimablement :

- Je vous recevrai avec plaisir, car il y a beaucoup à faire dans le monde sous-marin que je ne connais pas. Mais au sein duquel il est très certainement possible d'appliquer des méthodes de tirs précises que j'utilise à terre.

Pour moi, être ainsi reçu par un ingénieur des mines renommé, tenant un tel langage, j'avoue que cela m'intimidait un peu. J'avais tort comme on va le voir par la suite.

C'est donc chez lui que je me suis rendu après avoir déposé mes bagages dans ma chambre à l'hôtel Eychenne.

Le moins que l'on puisse dire, c'est que M. Henri Tabarant était, en plus d'un homme enrichissant, un sacré gaillard, tant sur le plan physique que dans celui de la pédagogie ainsi que je m'en suis vite rendu compte..

Il m'a d'abord ouvert des albums où figuraient ses chantiers comportant des images on ne peut plus significatives. On pouvait y voir des lots de photographies de tirs d'explosifs, toutes plus impressionnantes les unes que les autres.

Il y avait surtout des abattages de grandes cheminées d'usines anciennes, qu'il arrivait à faire chuter à l'emplacement prévu à cet effet. Mais, aussi, sans bruit ni vibrations destructrices pour l'environnement le plus immédiat. Il m'en a donné l'explication :

- Dites-vous bien que l'explosif doit être essentiellement utilisé comme un outil précis et non pas, ainsi que tout le monde le pense, comme un engin de destruction dangereux. Je m'explique...

Et c'est là qu'il m'a présenté des échantillons de matières expansives plutôt que violemment détonantes avec lesquelles il me recommandait d'utiliser des détonateurs à micro-retard.

Débutant en la matière, car n'en ayant pas pratiqué l'usage, j'ai néanmoins écouté ses sages conseils très techniques, me promettant de les mettre rigoureusement en pratique si cela m'était demandé un jour. Ce qui démontrait ainsi que Monsieur Tabarant était un ingénieur capable de calculer ses chantiers d'abattage avec une grande précision, mais qu'il était aussi un homme de terrain.

Je l'ai donc quitté, lui promettant de le revoir. Ce qui, pris par mes chantiers, n'a pas pu se faire pendant plusieurs années.

Mais je n'en avais pas fini avec ce diable d'homme, qui avait bien d'autres choses à me faire découvrir et à m'apprendre.

Quand j'ai pris ma retraite, nous avons décidé avec ma femme de parcourir la France et les lieux de mes anciens chantiers en camping-car, dont ceux de mes premières plongées de jeunesse à l'étang du Lanoux, là-haut, pas loin de la principauté d'Andorre.

Et, évidemment, nous sommes revenus à Saint-Girons, où je me suis empressé de rendre visite à cet homme exceptionnel qui m'avait laissé un si bon souvenir. Avec lui, on ne s'ennuyait pas, comme vous allez vite vous en rendre compte.

Nous devisions sur le monde sous-marin et non plus sur celui des explosifs, n'étant plus en activité tous les deux.

C'est alors que je lui parlai des trésors archéologiques du Commandant Cousteau, en cours à Marseille, sous-marins, qu'il me dit :

- Nous aussi en Ariège nous avons des trésors. De l'or, il n'est pas besoin d'aller en chercher loin, il y en a ici, des tonnes, dans le Salat.

Il s'agissait de la rivière voisine. C'est ainsi que, surpris, j'ai appris qu'il n'y avait pas qu'en Alaska, comme je l'avais lu, étant jeune, dans les ouvrages de Jack London, que se trouvait ce métal précieux. Que non ! Il m'a expliqué que la France était riche, en de nombreux endroits, de gisements aurifères.

Par la suite faisant moi-même des recherches, j'ai appris que, l'or gaulois attirant la convoitise romaine, cela n'aurait pas été étranger à la conquête de la Gaule où une telle abondance l'avait rendu célèbre auprès de Jules César qui l'appelait Gallia Auriféra.

Un écrivain grec illustre Plutarque l'a bien spécifié à son tour, disant que, justement, si Jules César avait bien conquis la Gaule avec le fer des Romains, il s'est servi ensuite de l'or des Gaulois pour asservir la république.

Enfin dans la région qui nous intéresse, l'Aurigera, « celle qui transporte de l'or », c'est le nom de la rivière Ariège ainsi cité, en 1540, par Bertrand Hélie, dans son Histoire du Comté de Foix.

J'étais donc au meilleur endroit pour faire fortune et entre les mains d'un véritable spécialiste.

L'ennui, c'est que l'or, il fallait aller le chercher et ce n'était pas si simple. Il fallait devenir « Orpailleur », c'est-à-dire, récolter l'or en paillettes, gisant dans des sédiments aurifères.

Sur les conseils de mon ami Tabarant, j'ai acheté une batée, un engin qui se vendait facilement à la quincaillerie locale. Visiblement, d'après le vendeur, il en avait un stock qu'il renouvelait à chaque début de saison d'été et qui s'écoulait facilement. Cela aurait dû éveiller un peu plus ma curiosité. Mais il faut savoir que, si l'homme normal est souvent un rêveur, « l'omus palmus », c'est-à-dire le scaphandrier qui comme moi a passé sa jeunesse à lire des histoires de trésors, l'est beaucoup plus.

Malgré cela, de l'or, j'allais en trouver, accompagné sur le bord du Salat par Henri Tabarant qui s'empressa, en excellant pédagogue qu'il était aussi, de m'apprendre l'usage de la batée.

Ladite batée, c'est une pièce métallique ronde en forme de chapeau chinois aplati.

Partant de là pour son usage, je me suis rendu dans la rivière et après démonstration par mon mentor, j'ai mis juste mes bottes dans l'eau, près du bord très proche.

Ensuite, après avoir rempli l'engin avec du sable et des cailloux prélevés sur place, j'ai effectué un mouvement circulaire, en la secouant de gauche à droite, immergé dans peu d'eau afin d'en évacuer l'excédent de sable et de gravier. Ce qui était lourd, l'or en l'occurrence, devait rester dans le fond du cône. Là, en cherchant bien, j'ai fini par apercevoir de minuscules points jaunes, mes premières micro-paillettes d'or.

- Voilà, vous êtes devenu orpailleur m'a dit M. Tabarant.

Certes, mais le volume récupéré se révélait infime.

En fait, il faut environ soixante batées, si vous procédez comme il faut, pour obtenir un gramme d'or. C'est-à-dire une journée et un réveil, le lendemain matin, plié en deux si vous avez le dos et les reins sensibles. Ce qui était déjà mon cas.

Malgré cela, je me suis entêté, devant ma femme. Aussi parce que, pour m'encourager, M. Tabarant m'a parlé de rares orpailleurs passionnés, parmi lesquels certains avaient eu la chance de découvrir une pépite de quelques grammes au fond de la batée. Le lendemain soir, devenu invalide, j'ai abandonné mes recherches ariégeoises. Mais j'avais toujours la batée de Saint-Girons dans mes bagages. Je m'en suis servi en Corse et aussi en Cévennes. En vain aussi. J'ai fini par me débarrasser de cet engin exténuant qui, cependant, aurait pu me donner accès à la fortune. Je l'ai offert à une amie cévenole pour y mettre des fleurs.

Je n'ai plus revu M. Henri Tabarant, mais je ne l'ai pas oublié pour autant.
C'est d'ailleurs grâce à lui que j'ai décidé d'écrire ce texte.
Car il y a longtemps que je voulais faire revivre, même un court moment, cet homme de valeur, qui avait marqué si bien l'une des tranches de ma vie d'aventures.
Pour ne pas oublier, quand même, ces jours de recherches épiques, j'ai acheté, toujours chez le quincaillier de Saint-Girons, des petits, je dirais même très petits, récipients en verre destinés à recevoir ma récolte. Il en vendait à tous les amateurs, tous comme moi possesseurs d'une modeste récolte qui, ainsi, ne rentraient pas les mains vides.
Cette pièce unique trône encore dans notre vitrine à souvenirs, en bonne place, aux côtés d'une branche de corail rouge, cette pierre semi-précieuse qui après la fièvre de l'or m'a communiqué celle de l'or rouge. Avec plus de succès quand même.
Mais comme le disait si bien Rudyard Kipling « ceci est une autre histoire… » que je vous conterai peut-être un jour.

30

La fontaine folle

par Luc Tuffier

Au sud de Bélesta se dresse un énorme rocher au pied duquel jaillit une source. Mais la fontaine de Fontestorbes, puisqu'il s'agit d'elle, est bien connue pour ne couler que par intermittence : ses eaux s'écoulent pendant six minutes après un arrêt de cinquante minutes.

De nombreux scientifiques, spéléologues et autres ingénieurs hydrauliques se sont penchés sur ce mystère sans jamais le résoudre ; des plaisantins ont fait intervenir, qui le diable, qui des fées, qui un homme déguisé en ours portant des cornes de taureau …Mais moi qui vous parle, je vous le dis, ce ne sont là que fariboles et contes à dormir debout ! J'ai percé le mystère par mon opiniâtreté, mais surtout, du fait que je disposais d'un objet quasi magique, qui m'a permis d'éviter le pire. Mais ce que je vais vous dévoiler doit rester un secret, sinon je passe mon chemin.

Oui, vous promettez ? Alors voilà.

Les faits remontent à l'an 1254, le 10 juillet pour être précis, et se situent à Lavelanet. Tous les habitants de cette contrée connaissent la mésaventure de Jean de Tours, ce troubadour venu, seul, implorer Sainte Rufine dans l'église qui lui est dédiée. La statue, subjuguée par son chant et ses paroles mélodieuses, lui fit cadeau de l'une de ses chaussures en or. Hélas, l'homme en possession de ce trésor fut accusé de vol et condamné à la pendaison. Le jour où la sentence devait être exécutée, le chanteur demanda à voir la statue. Face à elle, il se remit à chanter et, devant la foule venue pour assister à l'horrible spectacle, la statue lui fit don de sa seconde chaussure. Ce miracle sauva Jean de Tours qui rendit les précieux objets et s'en fut.

Mais il ne voulut pas s'éloigner de son égérie et se mit à errer sur les flancs du pic Saint Barthélémy. Il s'installa à proximité du lac de Tabe, où notre troubadour espérait trouver la plus totale tranquillité pour élaborer ses chants. C'était sans compter avec les promeneurs, les cueilleurs de champignons, les chasseurs, les bergers et leurs moutons, quand ce n'était pas quelque ours ou loup qui rôdait.

Toutefois notre homme n'ignorait pas que ce lac était surnommé aussi l'étang du diable.

Pourquoi ce surnom ?

Ses eaux ont la particularité de se mettre à bouillonner lorsqu'on y jette une pierre. Aussi, Jean de Tours se mit-il à lancer un caillou de temps en temps. Les vapeurs dégagées s'amoncelaient sur le versant du pic et bientôt éclatait un violent orage qui avait pour effet de mettre les intrus en fuite ; mais ils revenaient bientôt et il fallait recommencer.

Le chanteur prit donc l'habitude de lancer un caillou toute les heures pour que se déchaînent les éléments : promeneurs s'en retournaient à l'abri, moutons attirés par les verts pâturages bien arrosés se hâtaient de rejoindre leur bergerie, animaux sauvages de filer vers leur tanière… et Jean de Tours se remettait à chanter en s'accompagnant de son instrument, dès l'accalmie venue.

Or, après maintes épreuves qui auraient éconduit de moins téméraires que moi, au terme de plusieurs jours d'approches et de retraites successives, après avoir franchi des obstacles terribles que d'autres auraient fuis, je suis parvenu jusqu'au bord de ce lac maléfique. Là, j'ai entendu une voix quasi divine chanter entre les troncs, une musique céleste qui m'a tiré des larmes de bonheur, et, tout à coup, j'ai entendu 'plouf'. Alors, les eaux du lac se sont mises à s'agiter comme celle d'une marmite, pendue à sa crémaillère, soumise à un feu infernal, puis un orage terrible m'a surpris. Mais j'avais sur moi *le précieux accessoire* qui m'empêcha de subir le sort de tous ceux qui, avant moi, avaient tenté l'aventure. Le niveau est monté et j'ai découvert qu'une partie de ces eaux disparaissaient dans une rivière souterraine. Y ayant versé un colorant bleu inoffensif pour la nature, je me suis aperçu qu'elle resurgissait en contrebas, justement au sud de Bélesta.

Dès lors, il est bien facile de comprendre pourquoi la source coule par intermittence : juste après un orage, les eaux s'accumulent dans le lac et le trop plein s'écoule sous terre jusqu'à la fontaine de Fontestorbes. Mais une fois ce surplus évacué, le lac retrouve son niveau et le flux cesse.
Il faut attendre près d'une heure avant que le troubadour ne lance un caillou ; alors les eaux bouillonnent, des nuages se forment et l'orage éclate, qui refait monter le niveau.
Si, comme moi, vous êtes assez hardi pour vous mesurer aux orages terribles qui grondent régulièrement sur le versant du pic Saint Barthélémy, épreuve nécessaire pour pouvoir entendre la voix mélodieuse de Jean de Tours résonner dans la forêt, n'omettez pas de vous munir d'un parapluie !
Mais surtout, ne le dites à personne, c'est un secret…

34

Derrière la porte
Histoire horrifique

par Noémie Martinez

On frappe à la porte.

- *Qui est là ?*

Dans le couloir, je fixe avec perplexité le panneau de ma porte d'entrée, le grain sombre du bois, la poignée de laiton dorée, le trousseau de clefs qui pend de la serrure. Je sais que j'ai bien enclenché le verrou....

- ***C'est Personne.***

Cette voix..... Bien sûr, je ne connais personne qui s'appelle "Personne".....

- *Je n'aime pas votre humour. Vous plaisantez peut-être ? Et moi, je suis le cyclope ?*

Je n'arrive pas à parler plus haut qu'un chuchotement étouffé.

- ***Euh... peut-être... Ouvre pour voir.***

Cette voix ! Elle est atone.... métallique, sans inflexion.....

- *Non, non et non ! Allez voir ailleurs si j'y suis.*

- ***Ouvre-moi, je peux faire beaucoup pour toi.***

- *Précisez ! Et ne me tutoyez pas je vous prie. Et puis pourquoi feriez-vous quelque chose pour moi ?*

- ***Parce que je suis ton/votre miracle "Personnel". Je te/vous suis "Destiné". Je ne vous veux que du Bien...***

Etrangement, "*je ne vous veux que du bien*" est souvent compris comme une menace. C'est ainsi que je le reçois à ce moment. Une sensation de danger, une angoisse me tord l'estomac et gèle mes neurones.

Qui est derrière ma porte ? Qui veut me faire ouvrir cette porte ? Qui veut que je le fasse entrer chez moi ? Comment ai-je été..... "sélectionnée" pour cette.... "visite" ? Fuir, il me faut fuir ! Mais comment ? Je suis devant ma seule issue et **Il** est derrière !

Sur le palier, la voix s'est tue et le judas reste obscur. Je perçois, en collant mon oreille contre le panneau de bois, une respiration lourde, lente, légèrement sifflante. Je fouille frénétiquement mon sac à la recherche de mon portable. Un mélange de colère et de crainte me donne envie de hurler : Va-t-en !!

- Comment avez-vous ouvert, en bas ?

J'habite au premier étage et la porte du rez-de-chaussée est toujours fermée à clef. Mais l'absurdité de ma question m'enfonce un peu plus dans l'angoisse. Qu'importe la façon dont il a eu accès au palier :

Il est là ! Derrière cette protection si dérisoire : une simple porte.

*- **J'ai appuyé sur la poignée et la porte s'est ouverte. Me donneriez-vous un verre d'eau ?***

Fébrilement, je fouille mon sac à main, retourne mille objets aussi insolites qu'inutiles, les doigts gourds.

- Dites-moi votre nom.

*- **Qu'importe mon nom ? Appelez-moi Machin, Chose ou mon ange.... Comme vous voudrez...***

J'ai enfin mis la main sur mon portable et j'appelle mon répertoire. J'appuie sur le N° de Jean-Marie, mon voisin.......

- Ouvrez-moi, ma chère cela devient ridicule...
Ridicule, ridicule, il en a de bonnes lui ! La voix est incontestablement masculine... Et Jean-Marie ne répond pas... Encore en vadrouille celui-là ! Tant pis, je tente le tout pour le tout et feins de parler à mon correspondant.
- Allo Jean-Marie, c'est Mimi, oui... j'ai un problème, un homme, une créature... louche. Cela, ça s'est introduit au Fort et c'est devant ma porte. Et ça refuse de partir !

Un rire glacé et une agitation derrière la porte, la poignée est violemment manipulée. Panique ! La porte est secouée. Panique ! Panique...
Pétrifiée, statufiée derrière cette porte, je prends soudain conscience que je suis nue. Et ma porte commence à prendre une teinte plus claire et.... mais oui ! Elle devient transparente. Quelque chose coule dans ma main : Je m'aperçois, désespérée, que mon portable fond entre mes doigts....
- Sssssss, ouvrez ! Ouvrez ! Ouvrez-moi !!!
D'horribles bruits de grondements, de ronflements, un fracas d'où perce une lointaine sonnerie, agressent mes oreilles.
Et je suis nue !
Mon cœur s'affole et me monte à la gorge, je suis en sueur, la bave aux lèvres et.....

Seigneur ! Ce doit être l'électricien !
Arrachée à ce cauchemar poisseux, je relève la tête brusquement et me retrouve assise, nauséeuse, devant la table de la salle à manger. A bout de souffle, j'ai un filet de salive au coin des lèvres et les marques de mon bras sont imprimées sur la joue droite. Maladroitement, je me

précipite pour aller ouvrir, encore haletante.
J'ai piqué du nez après le repas devant la télévision. Sur l'écran défilent les images d'un impressionnant reportage sur le déclenchement des avalanches à la station de ski d'Ax-Les-Thermes!

J'attendais l'électricien : Il doit terminer le branchement du nouveau cumulus. C'est lui qui doit sonner depuis deux bonnes minutes. Et Dieu merci, je suis correctement vêtue!

Apolit

par Jean-Luc Splitt

La lumière aveugla les quatre jeunes gens, qui auraient laissé choir leur charge si le sens du devoir ne les avait portés. Ils se réaccordèrent comme ils le purent. A travers leurs yeux embués ils parvinrent à situer le plateau, sur lequel ils finirent par glisser la boîte. Dans leur dos la foule s'écoulait, son bavardage s'estompant au passage du porche avant de reprendre de plus belle. Pendant que le cercueil était recouvert des couronnes, fleurs, médailles et tout le tremblement, le cheval n'avait cessé de renâcler. Sur un signe, le cocher empoigna les guides et d'un claquement de langue mit le cortège en mouvement.

Les quatre soldats s'étaient positionnés de part et d'autre, réglant leur pas sur l'attelage. A l'arrière, le porte-drapeau précédait le curé et les enfants de chœur, la famille, les gradés, puis le reste de l'assistance. La procession allait emprunter l'itinéraire habituel, à droite vers la mairie et l'école, puis la rue commerçante et la place du marché. Enfin elle se dirigerait tout droit jusqu'au cimetière, qui depuis peu se laissait gagner en lisière des vignes par quelques nouvelles maisons. Par-dessus le cliquetis des sabots et le raclement des roues cerclées, on entendait le cocher hocher la tête de temps à autre en lançant comme une incantation. « Aaapolit… Aaapolit... »

Du galonné dont ils escortaient la dépouille, les quatre

troufions ne savaient rien, pas même le nom. Affectés de fraîche date à l'ERACA 2/784 de Saint-Laurent-de-la-Salanque pour y accomplir leurs obligations militaires, ils en étaient peu sortis. Leur présence à ces obsèques, ils la devaient aux références dont ils s'étaient prévalus. Le premier taillait des sépultures en Auvergne. Le deuxième et le troisième portaient des cercueils en région lyonnaise. Quant au quatrième, apprenti à l'abattoir municipal de Lons-le-Saunier, il en était encore à se demander ce qu'il faisait ici.

Au passage de la rue commerçante, les chalands étaient nombreux à quitter les boutiques, se signant un fichu sur la tête ou le béret à la main. Quelques anciens, pourtant, rechignaient à saluer un compagnon d'arme si valeureux lors de la première guerre mondiale, et si ambigu lors de la seconde. Dix ans étaient passés, mais il restait à jamais dans les mémoires la découverte par les FFI d'une arme qu'il aurait dû confier à la Résistance et qui avait failli lui coûter la vie. Si l'âme subsiste au corps, alors le vieux soldat pouvait faire la part des choses et mesurer désormais la pertinence de ses choix passés.

C'est à cela que pensait le cocher, alors que ses mains s'escrimaient à contenir la boule de nerfs qui remplaçait son habituelle rossinante, malade comme un chien au mauvais moment. Il n'y avait pas de doute, la jument prêtée était plus faite pour les hippodromes que pour les itinéraires funéraires, fussent-ils du Roussillon. Ses aplombs parfaits, la puissance de son arrière-main, son dos pas trop long et ses reins larges auguraient d'excellentes dispositions pour le trot attelé. Il en résultait que ce n'était qu'en puisant dans les tréfonds de son expérience que le cocher parvenait à la contenir.

La moitié du chemin avait été accomplie. Les hommes de la fin du cortège avaient depuis longtemps tombé la veste, tant il faisait chaud. D'autres de proche en proche les imitaient, comme une vague de dévêtement. L'entrée du cimetière avait beau se profiler, le soleil promettait d'étinceler encore jusqu'à la fin de la cérémonie. De tous pourtant, c'étaient les quatre appelés les moins bien lotis, les moins bien faits aux ciels d'azur et aux canicules infernales. Les pauvres suaient, cherchaient de l'air, échangeaient des soupirs de connivence par-dessus le catafalque.

Accaparé par le ralentissement de l'attelage, le cocher se moquait bien de la pluie ou du beau temps. C'est à l'entendre psalmodier sans relâche que le marbrier d'Auvergne décida à son tour d'accorder au défunt sa commisération. Après avoir consulté ses camarades, sans résultat probant, il prit sur lui de reprendre les incantations. Quand le cocher lançait d'une voix profonde un « Apolit » solennel, le jeune homme répondait par un « Apolit » non moins sentencieux, poussant l'imitation jusqu'à traîner comme lui sur la première syllabe. « Aaapolit ».

Bientôt le deuxième soldat se rangea à l'hommage. Par confrérie sans doute, le troisième se prit également de l'imiter. Le quatrième, plus familier des carcasses de viande trimballées à longueur de temps que des rites liturgiques, se fit quelque peu prier, mais les regards courroucés de ses compagnons finirent par le convaincre. A chaque fois que le cocher psalmodiait, son escorte psalmodiait aussi. Que le cocher hoche la tête en énonçant du plus loin de son être un « Aaapolit » protocolaire, et les jeunes gens reprenaient comme à la messe le même « Aaapolit » cérémonieux.

Les quatre compères n'y prêtèrent pas attention tout de suite, mais il devint patent que chemin faisant la cérémonie gagnait en jovialité. Ici et là des rires fusaient sur leur passage, d'abord réprimés ou déployés sous cape, mais qui très vite s'exprimèrent ouvertement. D'autres, dans leur dos, émanaient manifestement de l'intérieur de la colonne : certains éclats haut-perchés ne pouvaient appartenir qu'aux enfants de chœur, que le curé maîtrisait mollement. A l'approche du cimetière, les « Aaapolits » d'incantation avaient gagné jusqu'au porte-drapeau. Dès lors, les moqueries et les ricanements n'échappèrent plus à quiconque.

Quand fut atteinte la dernière maison du village, qui avait été la demeure du défunt, le cocher parvint à persuader de la voix et du geste la jument d'y faire halte, comme l'usage et les convenances le commandaient. Jouant des coudes, un homme profita du répit pour remonter le cortège. Il s'approcha du porte-drapeau, un militaire de carrière qui bien que jeune aussi, lui parut plus pertinent que les quatre gamins pour entendre son aveu. « *Arrêtez de répéter ce que dit le cocher*, le conjura-t-il de son accent de rocaille. *Il parle à son cheval. Apolit, cela veut dire attention !* »

L'homme qui s'était extrait de la foule allait être mon

grand-père. Celui à qui il s'était adressé serait un jour mon père. A chaque fois que cette histoire leur était demandée, ils la racontaient volontiers et en riaient autant. Surtout mon père. Loin d'en vouloir aux railleurs, il concevait la mésaventure comme un examen d'entrée, l'épreuve initiatique qui lui avait permis de s'intégrer au pays. *Apolit* fut le premier mot de catalan qu'il apprit, et le cocher son premier professeur malgré lui. « *La plaisanterie m'a rendu tout de suite plus axurit* » avouait-il, en cherchant l'assentiment de ma mère. Mais ceci est une autre histoire.

Bleu-gris du ciel automnal

par Denise Dulac

Une forêt à perte de vue, un pléonasme dans cette région des Landes. Elle s'étendait sur des kilomètres le long de la côte atlantique et s'éparpillait dans les terres sablonneuses. Des fermes s'y cachaient bien éloignées de la civilisation urbaine, abritant, four à pain, étable, grange, loge à cochon, écuries et poulailler. De longue date, les autochtones semblaient y vivre en parfaite autarcie.

Bryan, gascon de naissance, avait roulé sa bosse en qualité de guide sportif spécialisé dans l'alpinisme de haute montagne. Des chaînes comme l'Himalaya, la Cordillère des Andes et l'Alaska ne possédaient plus de secret. Après vingt ans de cette expérience de plein air, l'âge et ses débuts de rhumatismes le privaient de ses meilleures capacités... musclées. Les hauts sommets, lui devenant hostiles, ne permettaient plus l'exécution de ses prouesses athlétiques. Toujours sportif chevronné, son maintien presque parfait rendait justice à sa robuste constitution et révélait un total contrôle de soi. Il refusait de se laisser entraîner dans la morosité débraillée du grand âge dont il n'avait pourtant pas encore atteint la limite. Seules quelques rides autour de ses yeux trahissaient sa cinquantaine à peine entamée. Il décida de s'en retourner dans son pays d'origine, sa fierté gasconne, d'y pratiquer la randonnée pour rester en forme et une activité moins physique, typiquement régionale : la chasse à la palombe.

La tradition en Aquitaine, consistait en l'aménagement de palombières. Ces assemblages artisanaux de brandes et de piquets recouverts de fougères permettant un meilleur camouflage et un naturel à se confondre dans le paysage, fleurissaient dans les forêts landaises. Ce véritable quartier d'état-major des chasseurs de palombes composait leur résidence secondaire. Dans les bois, une grande effervescence régnait. Regroupés au creux de ces palombières, les« paloumayres », les vrais chasseurs de palombes les attendaient, les espéraient, les attiraient par toutes sortes de subterfuges. Aucun gascon digne de ce nom ne manquait cette période automnale durant laquelle il s'accordait une mise en quarantaine volontaire, en retrait de sa vie professionnelle, voire familiale. Profiter de ce passe-temps surnommé « la maladie bleue » semblait épidémique. Observer et entendre les vols de palombes : un régal visuel et auditif inégalable ! Entrer dans une palombière en suivant le réseau des tunnels recouverts de fougères, espionner le ciel depuis le poste de guet, leur permettaient de découvrir un monde à part. Ces cabanes, un rien particulières, représentaient un endroit de belle convivialité, de bonne humeur et de rencontres chaleureuses. Endroit essentiellement réservé aux hommes, rarement les femmes y apparaissaient, sauf en qualité d'intendantes…

Des entreprises privées et des propriétaires terriens entretenaient régulièrement les forêts dans cette vaste région. Mais ici, dans ce coin déserté, rare partie sylvestre peu ou prou entretenue, la végétation indisciplinée se multipliait rapidement, recouvrant plusieurs baradeaux, rétrécissant la superficie des lagunes. Elle s'enchevêtrait dans les branches des pins fatigués et des chênes torturés par Klaus, la dernière tempête du 24 janvier 2009. Des arachnides tissaient des toiles solidement élastiquées repoussant avec ironie les intrus. Cette végétation difficile rendait quasi impraticables les pistes empierrées de DFCI (Défense de la Forêt Contre les Incendies). Par mesure de précaution et de sécurité, des avis d'interdiction de se promener et de circuler se postaient aux différents départs de ce qui, auparavant, existait en tant que chemins.

Mais Bryan se moquait bien de ces annonces. Ses vingt ans de pratique de sport extrême lui permirent de se forger une belle carapace. Une forêt défigurée et vallonnée par les séquelles des précédentes tempêtes ne le freinerait pas dans sa démarche déterminée. Bravant toute interdiction, faisant fi des panneaux, il poursuivait sa randonnée se frayant un passage dans cette densité végétale devenue austère.

Et pendant ce temps, dans le ciel, un nuage s'apprêtait à courir sur le soleil.

Ça froufroutait un max du côté de ce semblant de bosquet, un froufrou d'enfer. Mais que se passait-il dans ce coin perdu de la forêt ? Seules des pistes cailloutées la traversaient. Rien n'y poussait si ce n'était de la bruyère ou des fougères menaçant de leurs frondes les aventureux étourdis qui la piétinaient. Et les champignons ne se privaient pas de pointer leur chapeau au gré des saisons humides et ensoleillées. Des coulemelles, des cèpes, des girolles et quelques trompettes de mort habillaient de teintes automnales, ce sol sablonneux couvert d'écorces, d'aiguilles de pins et de feuilles de chêne. Dans cet enchevêtrement de mousse, de lichens, de bruyères et autres fougères, poussaient dans un désordre presque absolu, des rejets d'acacias regroupés en un buisson élevé et dense, semblable à une cabane improvisée par la nature sauvage. Bryan se promenait muni de son alpenstock, évitant précautionneusement les rares taupinières. De son bâton, il refoulait les provocantes frondes éhontées protégeant les crosses des dernières nées, des gros souliers du promeneur audacieux. Son oreille fut attirée par un arrière-fond sonore, à peine perceptible dans le lointain. Ça chuintait toujours, là-bas du côté de cette frondaison. Il se demanda d'où provenait cette envolée de gazouillis froufrouteux. Il continua sa marche aventureuse ne localisant pas l'endroit exact d'où émanait cette agitation tapageuse. Plus il avançait, plus la végétation se compactait, le bruit se rapprochant avec davantage de précision. La curiosité l'emportant, il se dirigea vers ce buisson de fabacées, aperçu quelques vingtaines de pas plus loin, en direction de l'ouest. Il resta ainsi à écouter, prêtant une oreille indiscrète pendant que des minutes interminables mouchetèrent le temps sur le cadran de sa montre. Il hésita encore un bref instant, ne possédant aucune autorisation ou dérogation. De toute façon, il n'en avait que faire ; ne pas s'y rendre semblait bien la dernière de ses préoccupations. Son désir d'indiscrétion l'emporta sur la raison et il s'en approcha encore de quelques enjambées silencieuses. Un grand morceau de soleil pénétra à cet instant dans la clairière endimanchant ce buisson de couleurs lumineuses pendant que le nuage, courant toujours sur le soleil, s'étirait et se dirigeait de l'océan vers l'intérieur des terres humides. Ce qu'il découvrit l'enchanta.

Bien cachée, discrète et pourtant bruyante, une vieille

baraque semblait emprisonnée par de jeunes robiniers. Un écran de feuilles la préservait des regards importuns. Il s'arrêta et la détailla longuement, essayant de deviner la raison de sa présence en ce lieu insolite. Après mûres extrapolations, il découvrit que cette hutte était un…, non, une... palombière ? Oui, une palombière! Ou du moins ce qu'il en subsistait. L'idée d'un bon salmis de palombes le revigora et lui mit l'eau au palais, quoiqu'il eût préféré, à cette heure, un petit verre d'Armagnac. Ce qu'il devina était bien une palombière, mais pas n'importe laquelle, pas un gabion mais une hutte en partie détruite par les intempéries et sans doute désertée depuis plusieurs paires d'années. Un abri bruyant, travailleur et animé qui laissa échapper de son toit de fougères desséchées, des sons, des mots, des vocalises. Des palombes ? Sûrement pas ! Elles ne bruitaient pas ainsi. Bryan ne reconnaissait pas leur roucoulement bien identifiable. Il s'assit sur le rebord d'un baradeau surmonté d'une taupinière, posa son sac à dos et son bâton de marcheur auprès de lui. Délaçant ses chaussures dans le but d'aérer ses pieds fatigués, il se mit en quête d'approfondir sa découverte. S'amuser à deviner qui ou quoi pouvait bien se trouver à l'intérieur de ce squelette de brandes. Son récurrent et fâcheux désir d'en savoir plus eut gain de cause. Assoiffé de connaissances, fier de braver tous les interdits, il s'immobilisa devant cette palombière, la déshabillant de son regard bleu acidulé de montagnard chevronné. Son objectif se résumait à la déstabiliser et lui faire perdre de sa superbe ou... ce qui lui en restait !

C'est alors que prêtant une oreille observatrice et curieuse, il entendit l'annonce d'un début d'alphabet. N'importe quoi ! Pensa-t-il. Un pangramme loin de la perfection, complètement incompréhensible qui ne voulait pas dire grand-chose, mais bon ! Il présuma aussitôt que les lettres de l'alphabet fusaient, emportées par une galerne littéraire égarée et séjournaient sous l'aisselle des pinnules des fougères en vue d'une future métamorphose étonnante. Des douzaines de minutes s'égrenèrent et il entendit des bruissements, des mots, des phrases ânonnées, puis rabâchées, des définitions et des rimes. Ensuite défilèrent à la queue leu leu des ballades, des odes d'une beauté baroque, dignes de nos poètes disparus, depuis la Renaissance jusqu'au siècle dernier.

Le pangramme correspondait à l'échauffement de l'écriture, songea-t-il. Chauffer les lettres, frictionner les mots, bouchonner les phrases avant de les coucher sur papier... feuillu. Voilà ! Une belle fiction dont il fut satisfait. Il engrangea dans son cœur tous ces élans poétiques. Une délicieuse délectation visuelle et auditive ! Il truffa aussitôt sa mémoire de cette kyrielle d'églogues landaises. Les écoutant d'une oreille attentive, ses yeux furent attirés par des embruns parés de notes de musique s'élevant vers le nuage courant toujours sur le soleil. Il mit en éveil sa deuxième oreille et celle-ci se mit à bourdonner. Elle perçut au demeurant des sons peu engageants, une série de fausses notes, de vilains couacs. Elles faisaient leurs gammes pour... s'échauffer également avant de composer une mélodie harmonieuse. Puis des portées musicales s'échappèrent à tribord tandis que des poèmes se récitèrent sur bâbord. Ma foi, cette cabane s'identifiait-elle à une barque artistique en détresse sur la lagune ? Des ballades musicales, des mots chantés, des tirades enjouées s'étirèrent langoureusement de part et d'autre de cette ruine comme des silhouettes diaphanes se profilant au gré des sautes d'humeur du vent d'autan. Profitant de cette alchimie, il s'échauffa le cerveau et boosta son imagination créative.

C'est alors qu'il vit papillonner, descendant en direction de la brande, une myriade d'étoiles scintillantes finissant de chasser le nuage qui courait encore dans le ciel sur le soleil. Elles dansèrent à la fréquence de la musique eurythmique et à la cadence des strophes bucoliques synchronisées. Tandis que l'écho musical des poèmes s'étirait hors de la palombière, des tournesols poussèrent et se parèrent d'étranges capitules prêts à s'entrouvrir tout autour en une pléthore de teintes bleutées. Lui apparut une rivière d'héliotropes aux couleurs chatoyantes comme celles enviées sur les plus beaux catalogues de jardin. Quelle harmonie pastorale ! Il décida d'installer son bivouac à cet endroit-là et d'observer la suite de cette aventure magique et fantastique qui s'offrait à lui. Il n'en revint pas ! Ce qu'il vit lui parut tellement irréel, incroyable, invraisemblable. Il se pinça alors la cuisse. Aïe ! S'assurant qu'il n'affabulait pas. Non il ne rêvait pas, une vraie douleur, tout semblait plausible. La musique l'ensorcela comme le chant des sirènes et il se laissa emporter par le courant littéraire du lyrisme des poèmes musicaux. Le « la » émotionnel l'envahit tout entier sur-le-champ. Une seule idée trotta dans son esprit admiratif : profiter du moment présent et faire le plein de ces instants mystérieux. Alors il s'allongea, la cervelle en ébullition, la tête posée sur son sac à dos et le regard tourné vers le ciel automnal. Et là, apaisé, il s'endormit. Pas une petite sieste de rigolo ! Non, un véritable sommeil profond. Le temps s'effrita, les heures tournèrent au rythme des mesures à quatre temps et des strophes en alexandrins. Il fut réveillé par des picotements sur ses pommettes rougies par le vent, des bruits étranges, des bruissements d'ailes, des roucoulements. Regagner les rives de sa conscience prit un grand moment. Mais oui, c'était bien le caracoulement de ces bisets au plumage bleuté qui le sortit des bras de Morphée. Il se retrouva cerné par un nuage de ramiers semblant lui chercher querelle. Mais, non, point du tout, que nenni ! Il se frotta les yeux, éloignant ainsi quelques audacieuses palombes apeurées qui, curieuses, virevoltaient autour de son corps étendu lui picorant les boutons de sa chemise. Puis les écarquilla et remarqua que les tournesols s'ouvraient à l'unisson laissant échapper, de leur tête, des palombes qui jabotèrent l'accompagnement musical en trio avec les lettres de l'alphabet et les notes des partitions musicales.

Ciel ! Pendant son sommeil, le cerveau de Bryan avait enflammé son imaginaire au paroxysme !
La musique, les mots et les ramiers formèrent une farandole mélodieuse autour de cette ruine de palombière... vraiment pas comme les autres, construite quelques paires d'années auparavant !

Bryan leva son regard bleu acier au-dessus des cimes des pins et constata qu'à ce moment plus aucun nuage ne courait sur le soleil, dans le bleu-gris du ciel automnal.

Joël

Antoine Bouvier

Joël se dirigeait furtivement vers la cuisine lorsque la voix de Théophane, le Proviseur, l'arrêta net : d'où viens-tu ? Je t'ai cherché en vain dans la bibliothèque ! Sais-tu que tu as étude après la gymnastique?

Oui ! Mon père.

Et qu'as-tu dans ce sac ? Diable ! le beau poisson ! C'est toi qui l'as attrapé ?

Oui ? Mon père.

Tu sais pourtant que la pêche dans l'étang est interdite sauf autorisation spéciale et ponctuelle. Le fait d'avoir été autorisé à pêcher la carpe pour le repas de fête, dimanche dernier, était exceptionnel et ne saurait te donner, aujourd'hui, un droit de pêche à volo. Donne ton poisson à Marie-Jeanne et retourne aussitôt en étude. Une version latine t'attend et il n'est pas question de la bâcler. Compris ! Le Brevet des collèges doit être pour toi plus important que le plus savoureux des poissons!

Oui ! Mon père !

Joël disparut rapidement par l'escalier menant à la cuisine, remit sa carpe à la cuisinière principale qui le félicita d'un clin d'œil amical, et courut jusqu'à la salle d'étude. Les deux seules femmes du Petit Séminaire, Marie-Jeanne et Geneviève, avaient la charge de la préparation des repas, pour une cinquantaine d'élèves.

A douze ans, au milieu des années cinquante, les parents de Joël, le père maçon sur les chantiers de montagne, la mère faisant des ménages, avaient placé leur fils aîné au Petit Séminaire d'Oloron Sainte-Marie, tenu par des Assomptionnistes. Cet établissement jouissait d'une excellente réputation avec un taux de succès au Brevet, supérieur à 90%. De plus, comme sa mère, catholique convaincue, Joël n'avait aucun doute sur l'existence d'un Dieu, éminemment bon et prévoyant, pour avoir créé, de façon admirable, les légumes, les fruits et toutes sortes d'animaux domestiques et sauvages.

Après deux ans de présence au petit séminaire, alternant études et temps de prière, Joël partagea son temps libre entre une promenade dans le parc adjacent à l'établissement religieux, la pose discrète dans l'étang voisin et en soirée, d'une ligne de fond, amorcée avec un lombric, pendant que le Proviseur était en chapelle, pour les vêpres, et une aide en cuisine, tantôt équeutant les haricots verts ou triant les lentilles, tantôt pelant les pommes de terre et les carottes du jardin. Cette dernière occupation était la seule connue du Proviseur et tolérée par celui-ci. Joël appréciait la simplicité des deux cuisinières sans comprendre tout à fait le langage du Proviseur : "Nos cuisinières laïques sont un trait d'union entre les activités temporelles et spirituelles". Plus prosaïquement, elles facilitaient la communication et la confiance en soi chez l'enfant plutôt timide et craintif.

En matinée, sauvant quelques minutes sur son temps de toilette, Joël allait contrôler sa ligne de fond. Lorsque la nuit avait été fructueuse et qu'une carpe ou un gardon avait mordu à l'hameçon, en accord avec Marie-Jeanne, il cachait sa prise, entourée de feuilles de choux, dans le vieux tronc du saule bordant le jardin potager, cultivé par les deux femmes. Allant cueillir les légumes, Marie-Jeanne ne manquait pas de jeter un coup d'œil au saule, dissimulait la carpe au fond de son panier et l'accommodait au mieux, mêlée aux cabillauds ou merlus, achetés au marché d'Oloron.

En présence de Marie-Jeanne, Joël se sentait à l'aise car tout ce qui se passait en cuisine y était familier et prévisible, que ce soit pour alimenter en charbon le gros poêle en fonte colorée, pour la cuisson de la viande, du poisson et des légumes dans l'imposant four à bois, ou pour essuyer la vaisselle et la ranger en pile dans le buffet. Les odeurs de cuisine variaient sans cesse et Joël était heureux de goûter les plats, sur demande, pour y déceler soit un manque de sel, une cuisson avancée pour les pâtes ou le riz, l'absence de sucre dans la faisselle et un surplus de mollesse dans le fromage d'Ossau-Iraty.

Marie-Jeanne le suivait volontiers dans ses innovations en matière d'assaisonnement tout en surveillant un excès d'ail, de gingembre et de plantes aromatiques, le basilic, la coriandre et la menthe poivrée, en particulier. C'est vers la purée, très appréciée par l'ensemble des élèves et enseignants - cela tenait le ventre jusqu'au soir - que les suggestions faites par Joël furent les plus remarquées : le choix de la pomme de terre, calibrée et ferme, la bintje d'origine hollandaise, fraichement produite en Béarn, sa cuisson avec la peau et son passage à l'eau froide, une minute avant de la peler. L'utilisation du moulin à légumes avec la grille la plus fine, le rajout d'une quantité appréciable de beurre froid puis de lait entier chaud et non bouilli, versé délicatement à la louche, conféraient à la préparation sa texture fluide, un peu grasse mais très goûteuse. Après l'avoir testée plusieurs fois, le Proviseur complimenta Marie-Jeanne, assurant que cet aliment d'une simplicité biblique était un catalyseur de spiritualité, notion fort éloignée du péché de gourmandise.

Ayant obtenu son brevet, à quinze ans, Joël ne fut plus guère attiré par la vie de moine, envisagée initialement. Il trouva désormais plus facile et plus satisfaisant d'exprimer ses sentiments et son amour du prochain en élaborant un pastis Bourrit ou un Gâteau Basque aux cerises, recettes locales dégottées sur un vieux livre de cuisine à la bibliothèque. Si la multiplication, par Jésus, des cinq pains d'orge lui paraissait admirable, il regrettait que ce pain nouveau et divin n'ait pas renfermé quelques graines d'anis, de sénevé ou de fenouil, le rendant plus sapide.

Son père le plaça alors en apprentissage auprès d'un restaurant palois où, après la plonge, il eût rapidement toute liberté pour apprendre et s'exprimer avec les produits frais locaux et la pâtisserie. Avec le petit pécule économisé en quelques années, et désireux de parfaire son apprentissage, Joël se lança ensuite dans un tour de France du compagnonnage et put apprendre et tester nombre de recettes régionales.

De régional au national puis à l'international, il fit reconnaître la subtilité de la cuisine française, depuis sa purée onctueuse, le chou farci au poulet jusqu'au ravioli langoustine aux truffes. Même les Japonais, peu ouverts à la cuisine extérieure, y furent sensibles, ce qui n'est pas peu dire.

Un mauvais cancer emporta Joël à 73 ans. Arrivé à la porte du paradis, en complet noir et chaussures de cardinal, Saint Pierre reconnut Joël, ouvrit la porte céleste et lui dit à voix basse: "Monsieur Robuchon!, Vous trouverez ici tous les ingrédients de votre célèbre purée et que du bio! Prévenez-moi lorsqu'elle sera prête ! Merci !"

Un chien de ma chienne

par Muriel Hébra

Pierre en avait plus qu'assez que tout repose sur lui : au travail rien ne se faisait sans son aval. Tout semblait suspendu à sa décision. A la maison même combat : dès son retour du bureau sa femme se jetait sur lui pour exposer ses doléances. Il lui fallait arbitrer les disputes des enfants, choisir la composition des repas, donner son avis sur l'agencement du jardin, la couleur des rideaux ... C'était épuisant à la longue !
Il n'y avait que Roméo, le persan blanc, qui ne lui demandait rien. Il semblait mener une vie parallèle. C'était un plaisir de vivre en compagnie d'un être aussi totalement autonome.

Un soir où les demandes d'aides et de conseils en tous genres avaient jailli de toutes parts, Pierre décida que ça suffisait, qu'il avait atteint un point de non-retour, qu'ils allaient désormais devoir compter sans lui.
 Et il entreprit derechef d'organiser sa disparition.
Il mit au point un plan d'attaque :
-D'abord louer un gîte sous un faux nom dans un coin perdu au fin fond de la France, Arcambal dans le Lot, pourquoi pas. Il y avait passé des vacances dans sa jeunesse : plus perdu, tu meurs ! Personne n'aurait l'idée d'aller le chercher là-bas.

- Ensuite y rapatrier peu à peu argent liquide, vêtements de rechange, provisions de bouche à la faveur de voyages d'affaire - réels- à Toulouse.

-Et puis, un beau matin, se lever comme d'habitude pour aller au boulot, prendre la voiture, suivre la route mais brusquement bifurquer vers la plage - Pierre vivait en Bretagne -, se garer sur la jetée. Se changer dans la voiture (troquer le costume de ville pour la panoplie du parfait baroudeur). Déposer vêtements, portefeuille, papiers, portable, trousseau de clés et cartes de crédit en vrac sur la grève. Laisser la voiture. Prendre le train pour Lyon, histoire de brouiller les pistes. De là gagner Cahors en bla-bla-car. Et de Cahors, à pied, rejoindre la cachette. Y rester terré le temps que tout se tasse. En profiter, pourquoi pas, pour écrire - sous pseudo - ce roman qui lui tenait tant à cœur et dont le titre « Repose-toi sur moi » lui semblait une évidence.

Seule ombre au tableau : Roméo. Pierre ne pouvait se résoudre à laisser le félin, cet animal farouche à l'indépendance assumée qu'il chérissait comme un frère. Pas question de l'abandonner à sa femme qui n'appréciait guère son caractère ombrageux ni à ses enfants qui ne voyaient en lui qu'une peluche. Il décida sur un coup de tête de l'emmener avec lui dans sa fuite au risque de se faire repérer.

Ainsi donc tout fut fait. Et le jour J arriva. La plage, la voiture abandonnée, le train pour Lyon, Pierre fringuant, un panier à chat sous le bras, guettant son bla-bla-car en gare de Toulouse. Jusque-là tout roulait comme sur des roulettes.

C'était faire peu de cas du félin…

Mon nom est Serge Joncour. Je suis écrivain. Quand je veux rédiger sans être dérangé je vais dans le Lot, près d'Arcambal. Personne ne connaît. Je me terre là, dans un gîte rural égaré sur le Causse. Je suis peinard. Je me lève tôt, je carbure au café fort. J'écris. L'après-midi je marche. Le soir je m'écroule. La vraie vie !
Depuis quelque temps j'ai des pannes d'inspiration. Je marche deux fois plus pour pallier ces absences. Ça finira bien par revenir.

Ce jour-là, décidément ça ne voulait pas. J'étais donc parti dans les bois deux fois plus tôt que d'habitude. Il avait plu la veille, fait rarissime dans ces contrées : les arbres étaient trempés, ça sentait bon l'humus. Soudain, près d'un chêne chenu, j'avisai une boule poilue jadis blanche mais pour l'heure tirant vers le marron. Je m'approchai puis me reculai vivement : c'était un chat ! qui ne demanda pas son reste et quitta la place en miaulant à tout va. A ce stade du récit il me faut avouer quelque chose : je suis un type solide, plein de ressources certes mais comme tout un chacun j'ai mon talon d'Achille : je suis allergique aux chats. Rien que d'en toucher un et j'éternue à qui mieux mieux sans pouvoir m'arrêter durant des heures ! Donc depuis toujours j'évite ces poilus comme la peste.

J'allai ainsi passer mon chemin sans autre forme de procès lorsque j'aperçus un gars hirsute, affolé qui courait ventre à terre en appelant à tort et à travers : « Roméo !, Roméo ! ». Le chat leva la tête, ayant sans doute reconnu son nom, puis décida de faire la sourde oreille et se dissimula sous une souche. N'écoutant que mon courage je me lançai alors aux trousses du quidam qui m'avait dépassé, le rattrapai et lui indiquai la cachette touffue du matou têtu. Il batailla un moment dans le fourré et en ressortit, griffé mais triomphant, le susnommé Roméo crachant à tout va. L'homme me semblait las et la bête fourbue. Mon bon cœur me perdra : j'invitai les deux compères à venir se reposer chez moi. Ils m'emboîtèrent le pas. Une fois arrivé, j'avouai ma faiblesse à mon invité qui accepta de se défaire du félin que nous enfermâmes à la cave.

Repus, réconforté, Pierre se fit bavard. Il me compta sa vie peu ragoutante, croulant sous les devoirs. Son ras le bol des responsabilités, sa fuite programmée. Tout avait marché au poil jusqu'à ce que Roméo, ulcéré par tant de remue-ménage, lui fausse compagnie dans la forêt arcambalienne.

Je laissai Pierre parler tout son saoul, non par trop plein de bonté d'âme, mais parce que son récit tombait à pic : En effet j'étais justement en train d'écrire l'histoire d'un type fort, qui porte tout sur ses épaules, sur qui tout le monde compte. J'avais bien entamé la partie « responsabilités », les lourdes tâches qui reposaient sur les épaules du géant mais, depuis quelques jours, je calais là, ne sachant plus quoi faire de mon bonhomme. J'étais, pour tout dire, à la croisée des chemins, en panne sèche au bord de la route. Pierre m'offrait une porte de sortie possible : cette fuite façon « Le bonheur est dans le pré » comment n'y avais-je pas pensé tout seul ? Décidément je me faisais vieux...

Pierre commençait à s'assoupir, pas question ! Je lui servis une bonne rasade d'alcool local et en avant la ritournelle ! Sans se faire prier il reprit son récit à zéro avec force détails. Je prenais mentalement des notes, ça collait tellement avec mon roman que c'en était suspect. Et quand Pierre m'annonça qu'il comptait mettre à profit son exil volontaire pour écrire son histoire, qu'il avait déjà un titre en tête je fus pris d'un vertige : « Repose-toi sur moi », le titre idéal pour mon roman ! Pierre s'écroula sur ses mots, ivre d'alcool et de rêves de gloire. Je jetai maternellement une couverture sur lui, me fis du café fort et passai le reste de la nuit à écrire, à retranscrire quasiment mot pour mot son aventure. Ma plume devançait mes pensées, jamais je n'avais écrit aussi vite !

Au petit matin, croyez-le si vous le voulez, mon livre était terminé ! Seule la fin me chiffonnait un peu : Pierre rentrait-il, la queue entre les jambes, dans son foyer honnis ou poursuivait-il son chemin, son chat en bandoulière ? Je décidai de forcer le destin. Pierre dormait du sommeil du juste. Je fouillai sans vergogne dans ses oripeaux, trouvai un agenda, une adresse en Bretagne (il m'avait dit vivre là-bas), un numéro de portable. Ne faisant ni une ni deux j'appelai sa femme. Une furie furieuse ! Je ne m'étendis pas sur les détails et promis de renvoyer fugueur et félin par le prochain train pour Paris.
Vu la gueule de bois qu'il tenait, il ne fut pas trop compliqué de convaincre la brebis égarée de rejoindre le bercail, son greffier sous le bras. Il paraissait dans un état second, vidé de toute vie. Il obtempéra. Exit Pierre. Je retournai sans plus de cérémonie mettre un point final à toute cette histoire.

Mon roman « Repose toi sur moi » connut, dès sa parution, un succès phénoménal. Les critiques, pour une fois, furent unanimes à louer mon imagination, ma facilité à traiter de thèmes en phase avec notre époque comme le burn-out, l'envie de tout laisser tomber et de recommencer une autre vie. J'écumais les salons littéraires, multipliant les signatures. Je fus même nominé pour un prestigieux prix littéraire.

Le jour de la proclamation des résultats, alors que j'attendais, fiévreux, auprès de mon éditeur, je vis venir à moi un petit homme tenant un grand panier en osier au couvercle rabattu. Quelle ne fut ma surprise de reconnaître en lui le Pierre d'Arcambal ! Un peu mal à l'aise, je serrai la main qu'il me tendit mais fus bien vite rassuré par ses paroles : il me remercia de l'avoir ramené à la raison. Tout avait repris son cours dans son existence. En mieux. Son entourage avait compris son ras le bol et avait fait en sorte de le décharger un peu des tâches qui lui incombaient jadis. Sa femme l'avait mis en veilleuse. Quant à ses velléités d'écriture, là-aussi Pierre m'était reconnaissant de lui avoir fait comprendre qu'il n'était pas fait pour ça, qu'il n'aurait jamais eu mon talent pour romancer son histoire, que chacun devait savoir rester à sa place et qu'ainsi les vaches seraient mieux gardées, que, grâce à moi, il aurait, au moins une fois dans sa vie, vécu en héros de roman ce qui était inespéré pour quelqu'un comme lui…

Je n'eus pas le temps de me récrier devant cet excès de modestie que Pierre ajouta qu'il avait un cadeau pour moi et, joignant le geste à la parole, me tendit le panier qu'il avait apporté. Rassuré par son récit et voulant à présent en finir au plus vite j'ouvris prestement le panier et y plongeai mes mains afin de mettre au jour le précieux présent. Je me reculai mais trop tard : une boule touffue d'une blancheur immaculée me sauta au gosier toutes griffes dehors !

Ce fut, dans les annales du Goncourt, la seule fois où le lauréat entra en scène pour faire face à la foule couvert de griffures félines et éternuant à qui mieux mieux sans pouvoir s'arrêter…

Personne en revanche ne vit, dissimulé dans son dos, un petit homme hilare qui serrait sur son cœur un persan répondant au doux prénom de Roméo.

Au hasard d'une flèche

Par Florine Pillois

Aujourd'hui, c'est le grand jour. Avec une excitation particulière qui ne me prend qu'une fois tous les six mois environ, je fais glisser le canapé dans le coin de la pièce, et m'installe au milieu du salon, debout, les yeux rivés sur le mur constellé de petits trous qui me fait face. Je ne prête pas attention aux voisins de l'immeuble d'en face, que l'on peut apercevoir vaquer à leurs occupations à travers les grandes fenêtres qui entourent le mur. Je plisse les yeux pour me concentrer sur ma mission.

Je fais tourner entre mes doigts la petite fléchette qui, au bout de plusieurs années, commence à présenter des signes de faiblesse. Devant moi, de nombreuses phrases sont écrites au feutre noir, éparpillées sur ce mur bleu au gré de mes envies. Certaines sont déjà barrées, d'autres n'attendent que le hasard de mon lancer pour être réalisées.

La plupart de mes amies possèdent leur propre liste papier des choses à faire avant de mourir. Moi, j'ai décidé d'en faire profiter le mur de mon salon.

Je m'éloigne de quelques pas et lève mon bras droit à hauteur d'épaule. Il y a six mois, j'ai lancé ma fléchette sur « Parcourir le GR20 Corse dans son ensemble ». Un rêve que j'ai réalisé avec beaucoup de difficulté, mais également une pointe de fierté, il y a de cela un mois. Il est désormais temps de passer à autre chose.

Je me concentre, pointe ma fléchette bien droite, et la lance de toutes mes forces à travers la pièce. Pas de chance, elle tombe sur un carré de mur vide. Lors de la deuxième tentative, elle atterrit sur une phrase déjà barrée. Mon troisième lancer est le bon. Les battements de mon cœur s'accélèrent lorsque je m'approche de la liste. Sur quoi vais-je tomber cette fois-ci ? Alors que mes yeux déchiffrent la phrase touchée par la pointe de la flèche, je perds mon sourire. Non, ce n'est pas possible, tout sauf ça ! Je l'avais pourtant écrit en tout petit, au crayon à papier, caché entre « Sauter à l'élastique » et « Louer un van pour traverser l'Australie », comme pour m'assurer de ne jamais tomber dessus. Énervée contre moi-même au souvenir de ce moment de faiblesse, où j'ai collé la mine de ce crayon à papier sur le mur, je m'éloigne de nouveau, bien décidée à retenter ma chance. Après tout, qui viendrait vérifier que je respecte bien le résultat de mon premier lancer ? Je lève de nouveau mon bras, et l'abaisse aussitôt, en soupirant.

« Lui pardonner ».

Suis-je encore capable de lui pardonner après tant d'années ? De toutes les choses que j'ai réalisées depuis la création de cette liste, c'est sans doute la plus dure de toutes. Mais après tout, pourquoi ne pas s'en occuper dès maintenant ? Je serai enfin débarrassée de ce fardeau.

Avec un sentiment de détresse qui ne m'a pas gagné depuis de nombreuses années, je remets le canapé à sa place, contre le mur, entre les deux grandes fenêtres. Durant les jours suivants je tente par tous les moyens d'éviter de poser les yeux sur mon mur, et d'oublier cette petite phrase qui me nargue de toute sa hauteur. Mais je n'y parviens pas. Alors, après plus d'un mois d'intense réflexion, je décide, la boule au ventre, de sauter le pas.

Lors d'un appel à ma mère, je tente innocemment de demander si elle a eu de ses nouvelles récemment. A l'instant où j'entends sa voix se briser, je sais que j'ai eu tort d'avoir posé la question. Entre deux reniflements elle réussit tout de même à me dire que d'après ma cousine Alice, il vivrait désormais en Andorre.

Je mets plusieurs jours avant de décider de me rendre sur place, souhaitant à tout prix me débarrasser de cette corvée le plus rapidement possible.

Je prends une semaine de congés et pars en voiture vers Andorre, situé à plus de quatre heures de route de mon petit appartement Bordelais. Sur le siège passager est posée une feuille de papier, avec dessus l'adresse des onze seuls Dubois que j'ai pu trouver sur toute la principauté. Je doute que toutes les familles soient recensées sur internet, mais c'est déjà un début.

Durant le chemin je me mets à douter. Même si je parviens à le retrouver, que lui dirais-je ? Que je lui pardonne les années de souffrance et de terreur qu'il m'a fait subir, lorsqu'il m'enfermait des après-midi entiers dans le placard de ma chambre, qu'il me tailladait le bras avec un couteau en me faisant croire que c'était le meilleur moyen de faire sortir la bestiole monstrueuse qui vivait dans mon corps, lorsqu'il jetait mes poupées dans le feu ou encore qu'il me coupait des mèches de cheveux, en me persuadant que celles qui repousseraient derrière seraient roses ?

Il a détruit mon enfance, et je pourrais lui pardonner ? Je doute vraiment que ce geste me libère, mais je ne peux plus reculer à présent. Je dois le faire si je veux passer à autre chose.

Ma mère n'a jamais voulu admettre qu'il était fou et qu'il avait besoin d'aide. Elle a préféré le laisser partir, persuadée que l'ambiance familiale était la seule chose qui empoisonnait son cœur. Et quand je lui reprochais de ne pas penser à la famille qu'il pourrait fonder loin de la maison, elle se contentait de hausser les épaules en totale impunité, comme si cela ne la concernait plus désormais. J'étais jeune à l'époque, que pouvais-je faire pour empêcher cela ?

J'en ai beaucoup voulu à ma mère de l'indifférence qu'elle éprouvait à l'égard des personnes qui subiraient prochainement sa folie. Mais les années ont passé et j'ai fini par lui pardonner. Il est temps de lui pardonner également. Peut-être a-t-il changé après tout ? Ma mère avait peut-être raison en affirmant que nous étions la seule cause de son mal-être.

En fin d'après-midi, en arrivant devant la porte de la première famille Dubois, située dans la paroisse d'Ordino, la stupidité de ma démarche me saute à la gorge. Que suis-je en train de faire ?

Alors que mon cerveau est en pleine ébullition, mes jambes, elles, s'agitent toutes seules. Elles me forcent à monter sur le perron de la magnifique villa en bois, et mes mains frappent d'elles-mêmes à la porte en bois massif. La vue sur les montagnes est imprenable, mais je ne parviens pas à en apprécier la beauté. Une femme d'une cinquantaine d'années, très chic dans son tailleur moulant, vient m'ouvrir. Elle me demande gentiment ce que je souhaite. Ma voix tremble.

« Excusez-moi de vous déranger, mais je recherche un homme qui est arrivé à Andorre il y a environ dix ans : Xavier Dubois. Y a-t-il quelqu'un dans votre famille qui porte ce prénom ?
- Non, pas à ma connaissance, je suis désolée.
- Ah d'accord. Merci quand même »

La jeune femme me sourit et me souhaite bonne chance pour ma recherche. La détresse doit se lire sur mon visage, mais je tente de faire bonne figure. De retour à ma voiture je barre la première ligne de la liste, et regarde en soupirant les dix familles Dubois qu'il me reste à voir.

Durant les deux jours suivants, ma recherche me fait traverser la principauté de long en large. Chaque fois l'accueil est le même : chaleureux mais négatif.

Ce n'est qu'au bout de la huitième famille, dans la paroisse d'Encamp, que je reçois enfin la réponse que j'attendais. À l'évocation du nom de Xavier Dubois, le visage de la jeune femme blonde qui me fait face se décompose.

« Vous êtes de la famille ? Me demande-t-elle d'une voix faible. »

Évasive, je lui réponds :
« Nous nous sommes perdus de vue il y a longtemps.
- Alors vous ne devez pas être au courant. »

Elle entre dans la maison et ressort sur le perron quelques instants plus tard, un bout de papier à la main.

« Il n'est plus ici, me dit-elle, les larmes aux yeux. Vous le trouverez à cette adresse. Je suis désolée. Bonne journée mademoiselle. »

Un peu perdue, une étrange boule me nouant l'estomac, je me rends à l'adresse indiquée. Sa tombe est bien là, à quelques mètres seulement de l'entrée du cimetière. Un jeune garçon est assis dessus, et semble en grande discussion avec la photo imprimée sur la plaque commémorative qui porte son nom. Lorsque je m'approche de lui, il se lève et me sourit.

« Je viens ici tous les jours, pour lui parler. Vous connaissiez mon père ? »

Mon cœur s'emballe : c'est son portrait tout craché. Mon neveu.

Il me parle des dernières heures de son père, mort dans un accident de voiture alors qu'il avait à peine trente ans. Une fin tragique pour un homme qui semble s'être repenti au fur et à mesure des années, et qui a élevé ses deux enfants de la meilleure façon qui soit. Je me mets à douter que nous parlons bien du Xavier que j'ai connu, mais les traits d'Antoine m'enlèvent tout doute concernant la véritable identité de son père.

Apprenant mon lien de parenté avec Xavier, Antoine saute de joie, et m'invite à venir chez lui pour discuter avec sa mère. J'accepte avec angoisse, redoutant la réaction de la jeune femme blonde lorsqu'elle me reverra sur le pas de sa porte avec son fils. Avant de partir, je demande à Antoine la possibilité de rester seule quelques instants. Je m'approche alors de la tombe, et pose la main sur la photo imprimée. Il n'avait pas changé. Ses traits tirés et ses cheveux bruns soyeux étaient restés les mêmes. Ce visage qui m'a hanté durant tant d'années, et que je ne reverrai plus jamais.

« Je te pardonne. Pour tout ce que tu m'as fait. Repose en paix, mon frère ».

Aucune larme versée, simplement la tristesse de savoir qu'il laisse derrière lui une famille qui l'a véritablement aimé.

Et alors que je m'éloigne du cimetière avec Antoine, un poids énorme semble quitter mes épaules. Je me sens légère, libérée de ces souvenirs horribles qui m'assaillent chaque nuit depuis mon enfance. Les images de mon frère me martyrisant s'éloignent petit à petit. Une nouvelle vie commence pour moi, loin de toutes ces horreurs. Avec en prime de bons moments en perspective à passer avec mon neveu, ma nièce et ma belle-sœur, qui contre toute attente m'accueille avec un plaisir non dissimulé lorsqu'elle apprend qui je suis.

J'ai une nouvelle famille, et lorsque j'entends parler du bonheur qu'ils ont vécu tous ensemble avec Xavier, je me garde bien de leur parler de celui qu'il était à dix-sept ans. Je ne saurais sans doute jamais ce qui l'a fait changer, si c'est la rencontre avec cette adorable femme, ou la responsabilité de voir ses enfants naître. J'aurais aimé qu'il apprécie sa vie à nos côtés, mais il n'était peut-être pas destiné à vivre heureux dans la maison qui l'a vu grandir.

C'est du passé dorénavant, je dois passer à autre chose.

Quelques jours plus tard, de retour chez moi, j'attrape un feutre noir afin de barrer la phrase sur mon mur. En repensant à la détresse que j'ai ressenti le jour où ma fléchette a fait son travail, je ne peux m'empêcher de sourire. Finalement, ce n'était pas si compliqué que ça. Il suffisait juste d'un peu de courage.

Impatiente de savoir quelle autre aventure m'attend après, et incapable d'attendre plusieurs mois, je fais glisser le canapé dans l'angle du salon, et je m'installe au centre de la pièce, la fléchette dirigée droit vers ce mur qui rythme désormais ma vie.

Alors, où le hasard va-t-il m'emmener maintenant ?

La semaine du 14

par Brigitte Libérale

Il avait été marrant ce jeu et pas si facile ! Un quiz. Les mots trouvés devaient être placés dans des cases qui, elles-mêmes, comportaient certaines lettres numérotées qui, reconstituées, devenaient une phrase « L'amour, on ne le discute pas, il est. » d'Antoine de Saint-Exupéry.

Tirée au sort parmi les bonnes réponses, Maddy, la gagnante, avait reçu un simple message sur son mobile et un courrier dans sa boite aux lettres : quatre jours à Falicon, sur la côte d'Azur pour quatre personnes, dans les deux ans, quand elle le souhaitait.

Chaque année, la jeune femme a une semaine de congé en juillet. « La semaine du 14 » comme elle dit. De ce fait, la date du séjour s'est imposée comme une évidence.

Mais, Bordeaux, où elle vit tout au long de l'année, est bien loin des Alpes-Maritimes. C'est ainsi qu'elle contacte des amis du côté de Béziers - à peu près à mi-chemin - qui, assurent-ils, les recevront avec joie.

Et voilà donc les Cazaubon et leurs jumeaux presque ados, Clément et Lucy, douze ans, programmant un voyage qui les conduira trois jours à Murviel-lès-Béziers, puis à Falicon les 14, 15 et 16 juillet pour regagner la Gironde le 17 en fin d'après-midi.

A la date du 10 Juillet 2016, les voilà sur la route des vacances, des étoiles plein les yeux.

Le dimanche soir, arrivée chez les Carrière. L'accueil est chaleureux.

Le lendemain, ils profitent tous ensemble de la mer Méditerranée à Valras-Plage. Au milieu d'une horde de touristes, visite de la charmante station balnéaire, baignade et glaces à l'italienne dégustées assis sur le parapet du Boulevard du Front de Mer. Pour finir, l'achat incontournable de "coquillages et crustacés" pour le soir.

Le mardi, les deux familles optent pour la rivière. Une balade en canoë dans la vallée de l'Orb, à quelques kilomètres du village. La beauté des paysages, entre vignes et garrigue, est à couper le souffle. Et ce sont des moments de franche rigolade et de relative frayeur qu'ils partagent : là le fleuve capricieux les propulse près de rivages instables où ils s'enlisent et doivent se mettre à l'eau pour repartir, ici ils sont emportés dans un courant bouillonnant au péril de l'équilibre de l'embarcation.

Enfin, le 13 juillet, c'est la Fête au village car - chance pour eux ! - la 11ième étape du Tour de France le traverse ce jour-là. Depuis le matin, la foule s'agglutine sur les trottoirs. Certains sortent des casse-croûte du sac, d'autres commandent pizzas, hamburgers et autres sandwichs au Fast Food local. Après une longue attente, arrive la caravane publicitaire, avec musique et animations diverses, sans oublier les petits cadeaux jetés des divers véhicules et saisis à la volée. Et, tout à coup, comme une rafale de Tramontane (ce vent puissant qui sévit à ses heures dans la région), surgit le peloton des coureurs - maillots bariolés, jaune, vert, blanc, à pois rouge et tout rouge - essaim bourdonnant d'éclats de voix et de crissements de pneus sur macadam.

En soirée, après un apéro dînatoire dans le jardin des Carrière, avec tapas et grillades à la plancha, tout notre petit monde se rend place Parech. A 21 heures, un spectacle de danse des enfants du village est donné dans une maladresse et un enthousiasme attendrissants. Ensuite, des lampions équipés de bougies sont distribués pour un défilé nocturne dans les rues. Depuis Parech, « la place d'en bas », où ont débuté les réjouissances, un long ruban lumineux se meut dans la Grand-rue qui monte jusqu'à Daïssan, « la place d'en haut », pour ensuite redescendre par l'autre côté du village, entraîné par la musique d'une joyeuse Banda et d'un brouhaha ambiant jusqu'à la caserne des pompiers. Une déambulation de plusieurs dizaines de minutes, avec vue sur le château surplombant le village - construit en circulade, d'aucuns disent en *escargot* - d'où un feu d'artifice va être tiré. La foule s'installe sur le vaste parking jouxtant le hangar des véhicules d'intervention, sur le terrain vague attenant et sur tous les trottoirs des environs. Quand, enfin, s'éteignent les éclairages publics. Un festival de "belles bleues, rouges ou vertes" arrache des - oh ! - et des - ah -!" et, après le bouquet final, occasionne des bravos à n'en plus finir. La sono d'un petit camion invite à venir chercher des esquimaux glacés offerts par la commune. Des groupes de personnes se forment et discutent de tout et de rien tandis que des cris d'enfants qui jouent près de leurs familles, fusent de toutes parts, tard dans la nuit.

Le lendemain, après trois jours de vacances dans l'Hérault, « for-mi-da-bles ! » de l'avis de nos amis aquitains -, départ pour Falicon.
Itinéraire Google Maps : 4 h 7 min (415,2 km) via A9 et A8. Montpellier, Nîmes, Aix-en-Provence, Cannes, Falicon.
Départ 10 heures du matin. Arrêt pique-nique autour de midi. Arrivée prévue vers 15 h. Météo et moral au beau fixe. Circulation très dense : ce n'est pas grave, on n'est pas pressé !...
Maddy sort les dépliants touristiques de l'Office du Tourisme reçus avec leur réservation. Déjà vus en amont. Maintenant, il va falloir arrêter les choix. Dans la voiture, les débats sont houleux. Seule exception, à l'unanimité, le programme de la soirée du 14 est arrêté. Feu d'artifice oblige !...
Ah ! Voilà Falicon. Sur un piton rocheux. Tout autour, un paysage escarpé mais particulièrement doux. Immédiatement, grands et petits sous le charme :
- Oh, c'est beau... tous ces oliviers... tous ces figuiers !...

Le trajet, dans la chaleur estivale, a exténué nos voyageurs. Néanmoins, c'est passablement excités qu'ils se présentent à l'adresse indiquée sur le courrier du résultat du concours et sont conduits jusqu'à un bel appartement. Du balcon, sur la gauche, on aperçoit le Mont-Chauve, fameux dans la région. Installation sommaire et départ, illico presto, pour un tour dans le bourg, empruntant des passages couverts et voûtés d'où surgissent de minuscules placettes remarquablement fleuries. Au fil des tortueuses rues pavées, le plateau Bellevue - le bien nommé -, tout en haut, offre un panorama exceptionnel sur Nice et la Méditerranée en arrière-plan. Un décor de carte postale !

Mais il est temps de se rendre, comme prévu, dans la cité niçoise à 10 km de là, pour, bien sûr, assister au feu d'artifice.

Arrivés en ville, nos touristes cherchent un endroit où se poser pour admirer le spectacle. « C'est "genre" comme hier à Murviel... mais ici, c'est géant ! » lance un des jeunes.

Voilà la Promenade des Anglais où des gens affluent de toutes parts. Maddy, quelque peu agoraphobe, suggère une rue adjacente.

À 22 h, tout se tait, les lumières s'éteignent. Frémissement perceptible. Et le spectacle débute. Grandiose !... Bouquet final, applaudissements, la fête est belle !

Quand soudain…

Plutôt en retrait, eux ne voient rien. Une agitation inquiétante et des bruits indistincts dans les parages.

Saisis de panique, Frédéric et Maddy, avec fils et fille par la main, fuient aussitôt dans la nuit. Retrouvent leur voiture, l'épouvante dans les yeux. Devancent du coup les embouteillages habituels à la fin de toute manifestation festive. Et quittent l'endroit au plus vite.

Retour sinistre dans la nuit, à l'écoute de France Info.

Tout à coup et pour une raison inconnue, sur la route sinueuse, la voiture des Cazaubon, se déporte vers la gauche. Hélas, au même moment, un autre véhicule arrive de Falicon à vive allure.

Personne ne survivra à la violence du choc frontal. Les circonstances de l'accident, déterminées par les gendarmes de la Compagnie de Falicon, seront laconiques.

Les médias relaieront l'affaire avec peu de commentaires et sans écho. L'attentat de Nice surpasse tous les autres faits divers de la région.

Regard perçant

par Simon Roca

Vous êtes-vous déjà demandé
D'où étaient nées les Pyrénées ?
Cette frontière naturelle
Par endroit si surnaturelle.

Nombre de riches paysages
Lui offre de nombreux visages.
Suivez le chemin sur le GR 10,
Sans vouloir porter préjudice,
Prenez soin de vous équiper,
Car quelques-uns y sont restés.

Elle se prénomme Pyrène,
Elle avait tout pour être reine.
Elle rencontra Héraclès,
Qui tirait des bœufs jusqu'en Grèce.
Mise enceinte par celui-ci,
Grandissait en elle un souci.

Craignant le courroux de son père
Dût chercher un endroit prospère.
Mais malheureusement les loups
Affamés mirent fin à tout.

Héraclès fut plein de remords.
Et en hommage à cette mort,
Donna le nom des Pyrénées
A ces monts de toute beauté.

Que votre histoire soit logique
Mythologique ou géologique,
Préservons cet endroit magique
Pour conserver cette mosaïque.

Le Mont de l'Ogre

par Régine Bernot

Il était une fois un jeune homme pauvre qui ne possédait que les hardes qu'il avait sur le dos. Jean De Peu, tel était son nom, avait pourtant belle figure et il savait trousser d'aimables poèmes mais lorsqu'il voulut prendre épouse, on lui ria au nez car un prétendant, même poète, qui ne possède pas de pécunes sonnantes et trébuchantes ne peut convenir au père d'une jeune péronnelle.

Jean De Peu décida de quitter la vallée et, à l'aube d'un jour radieux, il prit le sentier qui grimpait vers les sommets des Pyrénées, persuadé d'y trouver une jeune fille éloignée des richesses. Un berger lui avait parlé du Mont Calme qu'on appelait Mont de l'Ogre depuis qu'y vivait un géant cruel et redoutable. Il avait trois filles belles comme un lever de soleil au sommet des crêtes. Les prétendants étaient nombreux à les convoiter pour en faire leur épouse. Toutefois, prévint le brave homme, aucun d'entre eux n'était parvenu jusqu'ici à ravir l'une des trois filles à leur père l'Ogre et beaucoup avaient disparu dans cette quête périlleuse.
« Moi, j'y arriverai, prédit Jean de Peu, car je n'ai rien à perdre. »
Durant six jours, il marcha. Hélas ! Quand il demanda son chemin, personne ne put lui indiquer le Mont Calme.
« P'être ben par-là » disait l'un en tendant son bâton vers

le sud. « Se pourrait qu'ça soit par là-haut » disait un autre en pointant le doigt vers l'ouest.

Le septième jour, Jean De Peu rencontra une vieille femme qui cheminait, courbée sous un énorme fagot de genêts. Le jeune homme l'aborda

« Laissez-moi porter votre fardeau, mère-grand »

La vieille femme accepta et il porta sa charge jusqu'à une chaumine minuscule. Pour le remercier, elle lui donna un morceau de pain et de l'eau fraîche de sa source.

« Tu cherches le chemin qui conduit au Mont de l'Ogre ?

— Oui, c'est bien ce que je cherche depuis sept jours, comment le savez-vous ?

— J'ai un regard d'aigle et je lis dans tes pensées.

On m'appelle Rémige parce que j'apprivoise les aigles et prend leurs plumes que je taille pour les poètes. J'ai cent vingt-trois ans et je sais où demeure l'Ogre car j'ai toujours vécu dans ces montagnes. Mes aigles peuvent te porter jusqu'au nid de l'Ogre. Mais tu devras, pour ce service rendu, refaire le toit de ma chaumine qui prend l'eau »

Jean de Peu accepta. Durant trois jours il travailla d'arrache-pied à recouvrir de pierres plates la modeste demeure de Rémige.

Le quatrième jour, satisfaite de l'ouvrage, la sorcière lança un long cri guttural qui résonna entre les sommets. Très vite apparurent dans le ciel deux aigles noirs aux ailes immenses.

Avant d'enfourcher l'aigle le plus grand, Jean de Peu écouta les conseils de la sorcière

« Surtout, n'aborde pas les trois filles de l'Ogre lorsqu'elles sont ensemble, elles aiment jouer des tours pendables aux pauvres garçons qui les courtisent. Tu devras attendre que l'une d'elles s'éloigne de ses sœurs pour l'approcher. »

L'aigle déposa le jeune homme au sommet de la montagne. Là, dans un chaos de rochers, se dressait le nid d'aigle de l'Ogre. Jean de Peu fureta aux alentours pour se trouver une cachette. Dans un taillis, il entendit un glapissement de douleur. Un jeune renard gémissait, une patte enserrée dans un piège. Jean De Peu libéra le goupil qui lui dit :
« Merci l'ami, tu m'as sauvé la vie et je te dois à mon tour assistance. Si tu as besoin de moi, il te suffira de glapir ainsi et je viendrai aussitôt »

Quand Jean De Peu vit sortir les trois sœurs un matin de soleil, son cœur se mit à battre trop vite. Elles étaient belles comme un soleil levant et la benjamine était la plus ravissante des trois. Elles quittèrent le chaos de rocher et dévalèrent les prairies en riant. Il les suivit de loin, les observant cueillir des fleurs et les piquer dans leurs chevelures ondoyantes.
Jean de Peu prit l'habitude de les suivre à distance, épiant leurs jeux. Il aurait bien voulu suivre les conseils de la sorcière. Hélas ! Jamais les trois sœurs ne se quittaient.
Le quatrième jour enfin, alors que les aînées remontaient au château de leur père, la plus jeune, celle qui faisait battre le cœur de Jean de Peu plus fort, s'éloigna de ses sœurs pour cueillir des myrtilles. Soudain, apercevant un vagabond qui l'observait, elle poussa un cri.
Jean de Peu la rassura aussitôt

« N'ai pas peur, malgré mon apparence, je ne te veux aucun mal. Je ne suis qu'un malheureux épris de ta beauté. Comment te nomme-t-on ?

— Je suis Fauvette car je suis la plus menue des trois filles de l'ogre. Mes sœurs se nomment Alouette et Tourterelle.

— Fauvette, on me nomme Jean De Peu. Je ne suis qu'un pauvre poète et n'ai que mon cœur à t'offrir mais il ne battra que pour toi jusqu'à mon dernier souffle. Jolie Fauvette, veux-tu devenir ma mie ? »

Touchée par la pureté des sentiments du jeune homme, la fille de l'ogre soupira

« Jamais mon père n'acceptera de te donner ma main. Tu vas devoir l'affronter et il te tuera comme tous nos prétendants en te précipitant dans le gouffre.

— Ne t'inquiète pas ma Fauvette, je suis plus malin qu'un goupil »

Le lendemain Jean De Peu se présenta devant le père pour lui demander la main de Fauvette. L'ogre, qui mesurait bien huit pieds de haut, s'esclaffa bruyamment en découvrant ses canines pointues.

« Palsambleu ! Tu veux donc ma plus jeune fille, petit paltoquet du fond de la vallée ? Pour cela, tu devras m'affronter en combat singulier à minuit lorsque la lune sera décroissante. »

Une nuit, alors que la lune n'était pas plus grosse qu'une virgule, l'Ogre et Jean de Peu se retrouvèrent au bord d'un ravin pour une lutte sans merci. Sûr de sa victoire, L'ogre souriait de toutes ses dents pointues. Á la faible lueur de l'astre nocturne, il distinguait à peine la silhouette du garçon qui s'était enduit de vase noire et gluante. Il dégageait une odeur nauséabonde qui agaça le nez du géant. Lorsqu'il voulut empoigner son adversaire pour le jeter au sol et le fracasser contre les rochers, ses mains glissèrent et sa proie lui échappa.

« Ventrebleu ! » jura l'ogre qui se jeta de toute sa hauteur sur le garçon malingre qui lui échappa une fois de plus. Aussi visqueux qu'un crapaud, il empestait la pourriture. L'ogre avait beau gesticuler en jurant, jamais il n'arrivait à attraper le garçon qui s'esquivait en reculant vers le ravin. Alors que les deux lutteurs s'affrontaient au bord de l'abîme, Jean De Peu glapit. Le renard jaillit des rochers et mordit le mollet du géant qui, déséquilibré, chuta dans le gouffre.

Fauvette, qui avait assisté à la lutte sans merci entre les deux hommes, sortit alors de sa cachette et enlaça le garçon.

« Nous devons fuir à présent car la mort de mon père va déclencher le courroux des esprits malfaisants de cette montagne »

Alors Jean de Peu siffla et les deux aigles surgirent des ténèbres. Les jeunes gens montèrent sur leur dos et ils s'envolèrent, happés par la nuit piquetée d'étoiles.

Á l'annonce de la mort de l'ogre, les habitants de la vallée se réjouirent et nombreux furent les prétendants à courtiser Alouette et Tourterelle.

Quant à Fauvette et Jean De Peu, on raconte qu'ils ont fui de l'autre côté des montagnes. Il se dit aussi qu'ils vivent heureux et que Jean De Peu écrit des poèmes avec des plumes d'aigle taillées par Fauvette.

Sur cette carte l'on peut suivre le trajet de la flotte des Croisés depuis Venise jusqu'à la Sublime Porte. Les navires ont parcouru l'Adriatique, puis contournant la Grèce par le sud du Péloponnèse, sont remontés jusqu'à Constantinople (aujourd'hui Istanbul) en passant devant l'île d'Eubée.

Antoine de Nègrepont

par Arlette Homs

La pluie n'avait pas cessé depuis le matin. Le ciel courroucé semblait pleurer des larmes qui s'écrasaient sur l'herbe de la pelouse pour former de petites mares.

Adélaïde se dirigea vers sa bibliothèque afin de choisir un livre non lu pour passer le temps. Ses yeux se portèrent sur un rayonnage où s'étaient accumulés des dossiers de ses travaux de recherches, non terminées. Elle s'empara de la pile en équilibre, un dossier glissa sur le sol, le titre écrit au crayon mine était : Antoine de Nègrepont.

- Oh ! Je l'avais complètement oublié celui-là !

A l'intérieur, une lettre manuscrite d'une amie, qui faisait des recherches pour elle aux Archives Nationales à Paris, datée de 1997, des photocopies de divers documents, des copies des terriers des Archives de Foix qui sont des mines d'informations, difficiles à lire, mais qui nous emportent parfois très loin dans le temps, les pays, l'Histoire.

Même avec peu d'informations, Adélaïde pensa qu'elle allait pouvoir raconter la vie de cet inconnu, remonter au temps des Templiers où, d'après les quelques dates qu'elle possédait, il avait vécu une période de sa vie pour la terminer dans un petit village de l'Ariège.

****

Les croisades ont commencé à partir du XIème siècle vers la terre Sainte où il y eut huit croisades décidées en accordant à ceux qui désiraient y participer des indulgences et des terres prises dans les pays conquis. Avec des motivations religieuses, politiques et économiques, un but invoqué était de délivrer Jérusalem où se trouvait le tombeau du Christ.

Des hommes de toutes conditions constituaient le corps du peuple templier. Antoine, du comté de Foix, était un de ceux-là. Pour l'instant, le mystère plane. Qui était-il ? D'où venait-il exactement ??? D'après un document, Adélaïde crut comprendre qu'il se joignit aux pèlerins de la quatrième croisade qui débuta en 1202. A la différence de la précédente, elle sera menée par de simples chevaliers. Il était prévu trente mille croisés pour la terre sainte, et qu'elle partirait par voie maritime du port de Venise.

La reconnaissance de l'ordre du temple passait par le vêtement. Seuls les chevaliers et issus de la noblesse portaient un manteau blanc symbole de pureté, les autres, un manteau de bure genre tissu de laine grise. Antoine, en sa qualité de chevalier servant, et de bourgeois, était vêtu d'un manteau de bure grise, la croix rouge sur l'épaule gauche.

Antoine avait été averti de cette croisade, il s'y était préparé dès 1201. Il avait amassé assez d'argent et tracé son cheminement jusqu'à Venise. Au printemps 1201, il enfourcha son cheval, se rendit à Aigues-Mortes où devaient se rassembler les 30 000 croisés de France vers Venise.

C'est au cours de l'été 1202 que l'armée des croisés se réunit à Venise sur le Lido. Mais elle s'avéra beaucoup moins nombreuse que prévu. Le doge de Venise refusa le départ des navires avant le versement par les croisés de la totalité du montant prévu de 85 000 ducats d'argent.(1) Les croisés ne purent verser que 51 000 et certains durent revenir en France. Antoine se trouva presque ruiné, mais, malgré une extrême pauvreté, il décida de continuer. Croisés et Vénitiens naviguèrent à bord de navires de commerce ou vaisseaux appelés Navas, construites à Venise et à Gênes. Ces Navas étaient capables de transporter de grandes quantités de marchandises, de passagers, de chevaux, d'armement et tout le ravitaillement. C'étaient des navires ventrus mesurant 30 mètres de long sur 12 mètres de large. Antoine avec son cheval s'embarqua à bord d'une des centaines de Navas qui avaient pour but de relier Constantinople.

---

(1) ducat : ancienne monnaie d'argent ou d'or circulant au Moyen Age, à l'effigie d'un Duc ou faisant mention d'un duché (ducat de Venise). Le prix varie en fonction du poids d'argent ou d'or.

Le voyage fut éprouvant et terrible pendant plus d'un mois. Antoine et bon nombre de croisés furent pris de diarrhées et vomissements. Epuisés, ils demandèrent à faire escale dans la presqu'île de Morée et l'île d'Eubée deuxième île grecque après la Crête.

Petit à petit Antoine retrouva la santé grâce à une famille de la ville de Nègrepont. Parmi les privilèges octroyés par le Pape, les terres conquises par les templiers étaient distribuées aux croisés gratuitement. Nègrepont fut attribué à Antoine. La ville de Nègrepont avait été baptisée ainsi au Moyen Age, par des navigateurs italiens. L'Eubée ou Nègrepont était une terre riche en céréales, arbres fruitiers, troupeaux de moutons, et en marbres. Les anciens y exploitaient le fer, le cuivre, les marbres. Antoine retrouvait un peu du comté de Foix avec les pâturages, les moutons, le fer, le marbre.

Au fil des ans, très estimé, il en devint coseigneur. Il épousa la fille de la famille d'accueil. Les années passèrent. Il était heureux. Mais une terrible maladie vint décimer les habitants de l'Eubée et de Nègrepont. L'épouse d'Antoine mourut sans lui donner d'enfant. C'est alors qu'il décida de revenir dans son pays natal, le comté de Foix, mais sous le nom d'Antoine de Nègrepont. On ne connaît pas son vrai nom.

Il refit le trajet en sens inverse, mais dans de meilleures conditions. Les navires avaient évolué. Il fut quand même malade. En arrivant à Venise, il loua un cheval et le voilà reparti sur les routes. Le retour dura presque deux ans.

Il arriva en pleine croisade des Albigeois qui avait commencé en 1208. En Morée, des échos lui étaient parvenus, c'est sans doute pour cela qu'il quitta assez vite son île.

Mais l'histoire d'Antoine ne s'arrêta pas là.

Adélaïde toujours à la recherche de documents se rendit encore aux Archives. A Foix, elle retrouva Antoine de Nègrepont dans les écrits concernant le village de Montferrier. Elle y trouva son testament et l'inventaire de ses biens après son décès.

Dans son testament, Antoine décrit sur trois pages de sa main, comment il veut que soient célébrées ses funérailles. Il précise les noms des porteurs de son cercueil de sa maison à l'église. Dans l'église, il veut être inhumé le plus près possible de l'autel, entouré de « flambeaux » et de nombreuses bougies allumées. La messe sera dite et chantée en latin. A l'époque, en sa qualité de bourgeois, il en avait le droit en payant une somme importante au curé de la paroisse. Il fait aussi une liste de dons en argent (livres tournois) et maisons qu'il donne aux personnes qui l'ont aidé dans les derniers moments de sa vie : à la dame qui faisait la cuisine et l'entretien de la maison, aux autres diverses personnes de Montferrier, il donne des louis d'or, des ducats de Venise, et des pistoles d'Espagne, des pistoles d'Italie....

Dans l'inventaire : il est indiqué qu'il habitait une maison à deux étages (on ne donne pas le lieu exact) avec la description de ses biens meubles, livres en latin, manuscrits, chemises, draps..... et divers, du foin, du grain...

93

Montferrier est aujourd'hui un paisible village situé proche de Montségur. Mais au Moyen âge nos ancêtres avaient certainement une vie plus active en exploitant le fer, le marbre, les forêts, en gardant les troupeaux de vaches et de moutons sur les estives, en fabriquant du beurre et des fromages ….

L'histoire aurait pu s'arrêter là si des travaux n'avaient pas été entrepris dans l'église il y a une vingtaine d'années. Les dalles de l'allée centrale ont été enlevées et nettoyées dont l'une de 1,30 cm x 1,10 cm. Elle est ornée en son centre d'une croix des Templiers, entourée d'un chapelet, terminé par une autre croix des templiers plus petite. Les quatre coins sont ornés d'une fleur de lys. Pourquoi une fleur de lys ? Cela pourrait être parce que l'iconographie chrétienne donne le lys comme un symbole associé à la Vierge Marie, d'où le lys de la Madone. Les templiers, qui étaient sous la protection de la Vierge Marie, la prirent comme symbole de pureté. Cela laisserait supposer qu'il s'agirait de la tombe d'Antoine de Nègrepont parti en croisade en 1202 et revenu en Ariège quelques années plus tard pour y terminer sa vie. Aucune date n'est gravée sur cette dalle funéraire.

Adélaïde est heureuse d'avoir pu décrire l'itinéraire d'un Templier qui a existé, dont l'histoire ressurgit de nos jours grâce à de simples travaux entrepris dans l'église de Montferrier, en pays Cathare.

La sépulture retrouvée, est sans nul doute celle d'Antoine de Nègrepont, bourgeois, à cause de la croix des templiers, de la fleur de lys. Pourtant Adélaïde se pose une question au sujet du chapelet qui orne aussi la sépulture ? Etait-il un simple bourgeois ou un religieux ? Cette pierre recèle donc encore bien des choses à découvrir ! On peut la voir au fond de l'église de Montferrier où sont réunies les autres dalles trouvées pendant les travaux et qui sont au nombre de trois, sans dates.

Au Moyen Age, le prénom Antoine était écrit: Anthoine ou Antoisne. Adélaïde n'a pu retrouver son vrai nom de famille puisque Nègrepont est un nom d'usage.
Périlleux voyage vers la terre Sainte à la recherche du tombeau du Christ, but de toutes les croisades. Antoine mourra emportant avec lui bien des secrets !